李仕芬　著

道是無情卻有情

當代文學作品論評

感謝家人的愛護和包容，謹以此書獻給他們。

# 序言

　　《道是無情卻有情──當代文學作品論評》共收錄11篇論文，研析包括中、港、臺三地作品。討論作家為黃碧雲、林宜澐、劉梓潔、張讓、李昂、李歐梵、蘇偉貞、嚴歌苓等。各篇論文切入角度不一，探討文類主要為小說，同時兼及散文。其中對黃碧雲《烈佬傳》的評論，合共兩篇，內容互為表裏。一以回憶敍述為題，深入探究作品對吸毒主角的表述。作者對弱勢社群的眷注，為論述重點。另一則從文本發生學入手，比較《烈佬傳》的電腦草稿及最後定稿。如此追溯創作痕跡，最後帶出的仍是作品背後的人道關懷。對林宜澐的《東海岸減肥報告書》，論文集同樣包含兩篇論評。一以戲劇性演出為題，對全書整體作出剖視，以說明作者充滿個性，諧趣生動的演繹手法。另則以單篇散文為對象，延續闡釋貫串全書的喜劇氛圍。兩篇論文最終均帶出作者貫徹如一的獨特花蓮在地經驗。此外，論文集對劉梓潔〈親愛的小孩〉、張讓〈我的兩個太太〉、李昂〈北港香爐人人插〉亦各作剖析。三篇論文內容雖有別，但兩性糾葛，女作家寫作的性別自覺等，為共同思考課題。至於評析李歐梵《范柳原懺情錄》的論文，則指出小說續寫張愛玲〈傾城之戀〉之餘，刻意混淆真實與虛構，不斷以想像摻入現實中。總體來看，除上述弱勢社群、兩性問題等外，論文集並未忽視親子關係。探討蘇偉貞〈老爸關雲短〉一文，便揭示了父女原有親密，如何最終演變成難以化解的內心傷痛。題為〈女兒的父親──當代臺灣女作家小

說研究〉的論文，則闡述幾位臺灣女作家筆下的父女關係。其中女兒書寫父親的意義，以及男性的感情世界，更為論述焦點所在。最後，論文集收結，是從回望青春歲月，自我療傷的敘述視角，論析嚴歌苓長篇小說《芳華》。此文置於全書最末，自有研究者從事評論多年，自我總結的意義。從完成時間來看，論集各文並不相同，最早與最晚一篇，相距更二十年有餘。重新修訂這些不同時期論文，結集出版，正見證研究者評論之路的個人省思回顧。

綜觀各篇論文內容，縱使側重及剖視面向有別，共同處卻是對人性的關注重視。論文集通過對文本細節分析，一意帶出作者有情目光下，揭露的人性種種。其實，無論小說或散文創作本身，敘述即使看似冷靜抽離，仍難免滲入作者個人感受。這種主觀情懷打造的筆下世界，也往往更易打動讀者，引起共鳴。若從這一角度來看，向來講究客觀的評論文章，亦無妨帶有論者主觀情志。論文集正可一見研究者如何嘗試在情感，以至語言上緊扣作者的創作世界。唐代劉禹錫〈竹枝詞〉的「道是無晴卻有晴」，常給引申比附為「道是無情卻有情」。論文集借用作書題，推演延伸，未嘗不可如此解讀：無論創作者或研究者，可說同以人性情感作為書寫理念，而這種共同傾向，讓後者更能進入前者作品的內在世界。遊走於無情而有情之間，或許正是論文集作者自我期許的評論方向。

# 目次
## CONTENTS

# 01　邊緣人生

## ──黃碧雲《烈佬傳》的回憶敘述

┤ 摘要 ├

　　香港作家黃碧雲搜集資料多年，寫成以吸毒者為題的《烈佬傳》。小說處處流露對隱於黑暗的小人物的關愛。本文從用心寫作說起，指出作者如何努力嘗試走入這些人的世界。為更真實演繹他們的故事，讓角色自我發聲，作者更一改以往暴烈血腥的創作風格。第一人稱回憶敘事、平淡演述、句式簡淺、廣東口語夾雜等，均可說是實踐這種創作理念的藝術表達手法。此外，男主角雖身處社會邊緣，卻無礙作者表述其中人情倫理。本文剖析這些底層小人物淡然疏離的人際關係之餘，亦帶出其中偶見的溫情互動。走過六十年人生歲月，男主角對自我命運的反思，為論文最終探討課題。

## 一、用心的寫作

　　黃碧雲充滿個性的小說創作風格，從來不乏注意。血肉淋漓的場景、扭曲的倫常關係、失落無望的人生，一貫為其作品聚焦內容。2012年出版的《烈佬傳》[1]，色彩有異於往昔濃烈，卻贏得不少掌聲；除一舉奪下第十二屆香港文學雙年獎（小說組），更獲頒香港浸會大學紅樓夢獎。《烈佬傳》可歸類為長篇創作，但相比歷年紅樓夢獎入圍作品，篇幅無疑較短少。如此薄薄一本書，能得到專家學人垂青肯定，自有其文學魅力所在。濃烈本土情懷、深刻人文關懷應為其中重要元素。對於一向受追捧的張愛玲作品，黃碧雲多年前早有微言：

> 「張愛玲的小說寫得很精到。語言華麗。但卻是沒有心的小說。我以為好的文學作品，有一種人文情懷」[2]

張愛玲小說是否有心，見仁見智。黃碧雲對作品有心，卻顯而易見。儘管筆下的情感暴虐，人性的赤裸呈現，或讓人有「不忍卒讀」、「可怕」之嘆，但人文關懷應是黃碧雲創作的背後動力[3]。對她來說，作品追求的是智性與動人情愫，即以同理思維，探討人類命運[4]。她當過編劇、新聞記者，工作脫離不了與人的關係，如對人性缺乏認知感受，大概較難有深入發揮。黃秀玲（Sau-ling C. Wong）曾指出，慈悲心靈觀照（compassionate spiritual outlook）能加深我們對人性痛苦的理解。《烈佬傳》正可讓我們一睹慈悲心靈如何有助再現社會邊緣人物的苦難[5]。黃碧雲前後花了七年搜集資料，並多次探訪吸毒及在囚人士。昔日職業也使她對監獄情況有所認識。她曾想過以囚獄歷史為題材，

但最終把焦點放在吸毒者身上[6]。

　　《此處、那處、彼處》為原初《烈佬傳》構想的書名，後來卻成為全書各章節標題。《烈佬傳》作為書名，對作者來說，自有對應前作《烈女圖》[7]之意義。從「女」到「佬」，男女身分雖有別，但同是以角色為重心開展故事，並以之貫串香港不同年代。烈士之稱，人所熟知，而「烈佬」一詞的創造則充滿香港地道色彩。「佬」除帶出成年男性性別身分外，本就含較低俗意味，正宜指稱一生遊走低下層的男主角周未難。黃碧雲對筆下「烈女」行事作風認可肯定，對「烈佬」更維護有加：

> 「我的烈佬，以一己必壞之身，不說難，也不說意志，但坦然的面對命運。」（封底頁）

此段除以「我的」帶出親密私有關係外，更見到作者對角色性格行為的欣賞認同。阿蘭・勒貝・格里耶（Alain Robbe-Grillet）指出，人人都有自己看到的世界，看世界方式各有不同[8]。在烈佬的世界裡，黃碧雲看到的則是一群「黑暗中的孩子」[9]。命運使然，這些人匍匐於社會邊緣，過著受遺棄、法律不容的生活。黑暗中的孩子，容易讓人聯想到白先勇筆下的「孽子」[10]。後者瑟縮於臺北新公園，前者流徙於香港灣仔，兩者均難以融入社會。更為相似的是，他們各是作者心中所繫、一意眷顧的邊緣人物。因為這種關懷，兩位作者看到的俱是他們悲情的人生[11]。一再如阿蘭・勒貝・格里耶（Alain Robbe-Grillet）所言，小說本身自有創造現實的力量[12]。黃碧雲從事創作，也強調其中衍生的自由世界：

> 「因為我當初寫作，我想是因為反叛。我無法改變世界，

> 我起碼可以創造一個世界，而我在其中，成為自由精
> 靈。」[13]

弔詭的是，這種所謂自由，不時又會受到現實「干預」。有心的
作者執筆時，往往意識到無法脫離現實羈絆。黃碧雲寫《烈佬
傳》，清楚體認到：

> 「我當初寫的時候，還想著宏大的主調，從犯罪者看香港
> 監獄和政治歷史，但一旦接觸到人，學會了，原來作者不
> 是獨裁者，不是你想角色怎樣便怎樣。所以我只能寫一個
> 卑微的人，他經歷並記得的歷史」[14]

卑微的人，邊緣的人生經驗，幾十年來眼下的香港，於是成了
《烈佬傳》一書內容。在作者慈悲觀照引導下，讀者一睹毒海沉
淪種種之餘，內心亦會為人物命運所牽動。年紀與黃碧雲相若的
文潔華，即被吸引，演說時雀躍而又陶醉地把烈佬形象推而廣
之，看成恍若充滿市井魅力的本土男性象徵[15]。至於虛實之中，
斷斷續續、零零星星的歷史片段，可以辨認的地緣標誌，自亦勾
起港人的回憶感懷。丹·姆亞當斯（Dan P. McAdams）曾指稱，
故事講述，一如宗教、共同文化理念，為凝聚群體催化劑[16]。鄧
樹榮、盧偉力、陳豪柱等，便以港人身分，在同一場合，表述
與《烈佬傳》內容相連的人生經驗[17]。特林·米尼·哈（Trinh T.
Minh-ha）認為創作出版猶如成人儀式（rites of passage）的考驗
過程。作品經過與讀者分享，才真正完成[18]。弔詭的是，黃碧雲
卻聲稱寫作時不會考慮讀者[19]。這種無心插柳，或更能彰顯讀者
閱讀時自然衍生的建構力量。通過作品，不同讀者找到的又是同
聲共氣、互相依存的關係。瑪麗·斯洛威克（Mary Slowik）思索

故事效應時，把時代拉得更闊，指出不同年代聽眾主動重新解說，才可發揮故事的力量[20]。可惜的是，黃碧雲並不熱衷於再版舊作，故事流通多少受到阻礙，或者這正是「揚眉女子」特立獨行的本色[21]。「微喜」可「重行」，角色名字可重複使用，卻不代表作者為追求更多讀者而放棄堅持執著[22]。堅持執著，有時恰是作者有心的另一種外在表現。

威廉·洛厄爾·蘭德爾（William Lowell Randall）指出，故事能發揮愉悅及教育作用[23]。我們活在故事構築的世界中，有伴作陪，明白他人，找到自我。故事亦能傳遞信息價值，賦予抽象想法血肉，讓人達到更深層次自我瞭解。走進《烈佬傳》這一看來迥異，又與我們息息相關的世界，透過與角色私密接觸，無論作者或讀者，自亦可感受到故事的誘人魅力。

## 二、走進烈佬的生活世界

黃碧雲曾堅持多年，不時與囚犯、吸毒人士及精神病患者等接觸，希望多瞭解，為創作尋找現實素材。這樣的親身接觸，反讓她體會到雙方難能逾越的鴻溝。他們中有人曾表示：你不是我，你不要說理解。黃碧雲深為觸動。生活在不同世界，她明白到他們也會看不起她。他們不想知道她的事，她卻想知道他們的事，並欲書諸筆下[24]。在這種關係中，烈佬無求，作者有求，黃碧雲清楚意識到知識分子的局限及卑微。黃碧雲素來強調的更是作者的真誠：僅是同情，並不足夠，缺乏誠實制約，會使作品流於濫情[25]。由於這種自覺意識，她創作《烈佬傳》，尤其致力模仿這些人的語言、思考方式，創造及演繹他們的世界。

## （一）「白頭宮女話當年」──第一人稱的回憶敘事

　　人稱選擇，向為小說創作重要考慮。撰寫自傳，選用第一人稱，一如熱拉爾‧熱奈特（Gerard Genette）所說，自比第三人稱更能讓角色自身說話[26]。利昂‧瑟梅利安（Leon Surmelian）清楚指出，使用第一人稱，敘述者與故事角色合而為一，作者的語言也變成角色的語言。故事看來不似虛構，反而接近現實。第一人稱易令讀者取得認同，並與故事人物建立親密關係。讀者更能進入敘述角色的情感世界，分享悲哀歡樂[27]。其實，就如傑貝‧格里烏（Jabber F. Gubrium）及詹姆斯‧霍爾斯坦（James A. Holstein）指出，即使為非文學類的社會學文本，為以較真實面向出現，也會強調當事人以自身語言，敘述自我經驗[28]。美國三十年代出版的《少年罪犯的自述故事》（*The Jack-Roller: A Delinquent Boy's Own Story*），正是這方面經典嘗試。作者克利福特‧蕭（Clifford R. Shaw）肯定自我講述故事的價值，認為當事人觀點能提供行為本身有用資料。人生除由此得到揭示外，其與社會及文化的關係也同時得以反映[29]。《烈佬傳》全書即採用單一第一人稱觀點，以男主角自述統攝全書。這種敘述方式，拉近了角色與讀者距離，使讀者較易走入角色的世界。另一角度來說，更反映出作者努力減低自身干預，尊重人物的寫作自覺。黃碧雲便曾數易其稿，努力調整內容及寫法，以更貼近角色的世界[30]。女作家創作，難免有習慣的女性風格。在《烈佬傳》中，黃碧雲卻刻意擺脫這種性別標籤。這一創作自覺，讓向來受嫌棄的社會邊緣人，在文本中得以較真實地自我發聲。

　　同樣值得注意的是，主角的自述是以回憶帶出。黃碧雲曾以「白頭宮女話當年」解說《烈佬傳》的敘述風格[31]。此語見於元稹〈行宮〉一詩。詩作寫年老宮女追懷往昔，閒話帝君，亦有感

於繁華盛衰[32]。《烈佬傳》著重的更是男主角經歲月洗禮後，回首前塵的淡然自若。有了時間距離讓情緒沉澱冷靜，入黑社會、吸毒販毒、牢房進出的半生，也得到較為深切及全面的闡述。他身邊那些同道人的命運，同樣受到關注。更可說明的是，這些人物的身世，隨著主角意識跳躍流轉，雖只能以零散片段展現，但在拼合之下，不無完整一面。即如主角父親的大半生，便是在不同敘事片段組合下，清楚呈現：他離開大陸後，與妻離異，在香港裁衣為業，獨力照顧兒女，卻又與他們關係疏離，到頭來孤獨終老。

此外，《烈佬傳》選擇以男主角自述展開故事，也造就全書恰如講故事的演繹方式。口耳相傳，著重的是聽講層面，廣東口語的插入，因而顯得順理成章。香港的本土形象，自亦更為凸顯。整體來說，《烈佬傳》全書語句簡短淺白，象聲詞的運用，俯拾可見，種種設計，均可說加強了這方面的特色。如此敘述安排，無疑較切合男主角的出身及經歷。烈佬的世界，不需要文字，黃碧雲便讓男主角口述自己的故事。早於1998年，黃碧雲已與眾人合撰《又喊又笑——阿婆口述歷史》，記錄香港歷史[33]。1999年，則出版以三代女性為題的小說《烈女圖》。兩書皆反映作者如何藉著女性自述，為社會弱勢一方發聲。《烈佬傳》只是觀照角度從女性轉為男性而已，其中主角的弱勢社群身分，並未改變。特林・米尼・哈（Trinh T. Minh-ha）指出，女性可通過講述故事為父權制度下受壓迫的同性發聲[34]。在《烈佬傳》中，黃碧雲則以男性述說故事，為社會邊緣弱小發聲。

## （二）「平淡不代表無重量」——平淡的敘述風格

《烈佬傳》的題材內容，本宜於黃碧雲發揮其常見的「暴力美學」[35]表現手法，但全書反盡見平淡疏遠。「平淡不代表無

重量」[36]，是這次風格改變的背後原動力。她要從烈佬的價值觀看事物，無可無不可，淡然面對人生。千帆過盡，不堪說也不多說，刻意營造原始、樸素的氛圍。

以下段落，寫男主角與愛麗思的聚散，便可見作者如何自我節制以往慣見的濃烈筆觸：

> 「我請愛麗思開檔，她從來沒有問我拿過錢……幾多客追她，我亦不知她為何會鍾意我。她只說，和你一起，沒甚麼會想。做人甚麼都不想，就快樂……我去等她收工，她肚餓我陪她去吃宵夜，然後一齊上金國大廈她房間開檔。如果她有客，她會叫我，自己回房間等她，她天光之前就回。」（頁52）

回憶的敘述方式，更能凸顯男主角的淡然語氣。論者曾指出「情感深蓄淵含，克制抒發，絕不宣泄」[37]為文體平淡之特徵。以上引述段落，正是這種風格的體現。敘述語氣由於避免了激昂宣示，變成閒話家常般細說低訴，情感顯得平和淡然。兩個吸毒同路人，相遇相惜，明知沒有將來，仍然暫相為伴。沒有戀人衝動，沒有激情對白，卻在意真平實中，演繹相互體恤的動人情懷。再看二人分別多年後，偶然街上重遇：

> 「她穿一件白色的，女人的衣服，一條牛仔褲，手裡拿著一個白膠袋。她見我望她，說，是你。我說，是我。大家站著，沒有走開，又沒說話。我問，買餸。她說，是，買點東西。我問，你在這裡住？她穿著一對白色涼鞋。她說，是。她望一望街邊的檔口。我說，不阻你了。她說，好。但她又沒走。她說，我嫁人了。我問，有沒有小孩。

她說，沒有。然後她說，我走了。」（頁113）

愛麗思做「小姐」時雖不時與烈佬走在一起，卻認為必須離開，嫁人生子才能重生。引文中對她後來衣著打扮、生活狀況的簡單交代，正隱約說明從良意願已然達成。吸毒者在故事中，多沒好收場，病的病、死的死，精神、肉體受盡折磨。愛麗思似乎難得有較好人生新頁。多年以前，她早已認定兩人交往只是江湖聚散，不會持久。多年以後，偶爾重遇也確然再別，然而，故事仍以兩人相望、簡短對話，延續相惜前緣。強烈情感關係對他們來說，毋寧太沉重亦太奢侈。瞬間為對方稍作停駐，簡單交代近況，已為感情留下動人印記。梁文道曾以《沉默·暗啞·微小》[38]的複雜語句為例，指出黃碧雲小說難懂。讀者必須首先越過艱澀語言門檻，才能領受隱含的詩意及哲理[39]。在《烈佬傳》上述引文中，作者改從簡單淺白語言入手，沒有深奧哲理思辨，沒有刻意詩意營造，細緻場景敘述更付之闕如。這樣的設計安排，自然表現出閒靜平實、沖澹樸素的風格[40]。沒有複雜語言造成的思想阻隔、繁瑣的場景干頂，讀者目光也較易聚焦於兩人的短暫相處。歷盡滄桑後的尋常再遇，由是更顯突出及讓人留下印象。中國文學傳統裡，有識盡愁滋味而欲語還休的情感體悟。《烈佬傳》有意無意間，帶出的則是語言無用，沉默更見沉重的人生境界[41]。

　　《烈佬傳》裡，不時見到作者對人物的溫情眷顧。暴力血腥的敘述被邊緣化之餘，自亦以疏淡平常、含蓄內斂形式展現。即如常有的黑社會毆鬥場面，黃碧雲沒有直接刻劃其中劇烈打鬥細節，反而著墨於當事人其後的震慄惶恐：

　　「阿牛開著水喉，水流著，有一把刀，刀柄還有點血漬，

> 刀身已經沖洗乾淨了，阿牛還在洗手，我見他那雙手，一
> 直在發抖。」（頁18）

現實的黑社會中人曾向黃碧雲訴說第一次斬人的感受：過程一下
就完了，當時不知甚麼事，不懂害怕，事後洗刀才手震驚恐[42]。
可見，上述小說場景的安排與現實非常接近。誠如作家汪曾祺對
藝術創作的看法：細節來自生活，虛構不來[43]。《烈佬傳》不寫
血淋淋斬人過程，是因當事人還未意識到自身行為時，事情已在
刀光火石間完結。這固然是作者基於現實考慮，更重要的是，它
符合小說整體的疏淡風格，以及帶出了男主角平靜憶述的況味。
一如敘及男主角獄中被打，小說內容也未著眼於施暴的激烈場
面，而只是輕描淡寫交代內臟出血及其後的自行康復：

> 「幾個先生衝入來按住，打我心口，痛到我屙幾個月黑
> 屎，我又不敢說要看醫生，怕打多幾次，慢慢又沒事，好
> 番。」（頁28）

這樣的聚焦角度，自然迥異於作者以往筆下慣見的血腥暴力。黃
碧雲前作〈失城〉，男主角殺死家人後，敘述即不忘鋪陳房間染
滿鮮血及人身的支離斷裂：大女兒、兩個兒子頭顱被劈裂，小女
兒頸項幾給斬斷，血泊中留下斷指[44]。恍如客觀筆錄下，現場景
況刻劃細緻，觸目驚心。再比較《烈女圖》與《烈佬傳》，也同
見後者如何帶出主角無可無不可之淡然。《烈女圖》可說貫徹黃
碧雲典型敘述風格。小說開首便是香港百年最熱一天，「你婆」
出殯。敘述把焦點對準屍體以至周圍的人，場面恐怖而超現實。
毛蟲從件作耳朵爬出、喃嘸佬黃袍裂開、豬頭流血、紅布飛天、
屍體發笑、屍蟲跌出等等，無不是刺激感官，聳動駭人的描述刻

劃[45]。至於《烈佬傳》開頭，則以懲教署職員與男主角出獄時開聊展開故事：

> 「他（筆者按：指懲教署職員）見到我居然笑，說，有個職員來接你，你出去住宿舍。我說，住哪裡都一樣。大哨就說，周未難，你知道嗎，你不知道我提提你，你六十歲了。我說，這又怎樣。大哨說，你自己想，你要怎樣。每次出冊都急不及待，這一次，我離開阿一間房，行得好慢。監房四四方方，白裡帶灰，沒甚麼好看。很少抬頭望天，叫我走，即我隨時可以看見天。但天也沒有甚麼好看，藍藍灰灰。」（頁7）

主角多次坐牢，此時年屆六十，已沒特別情緒。白中帶灰，四方端正的監房，寫的是個人自由受限制、缺乏活力的無趣生活。可以看天，亦即重獲自由，並沒為主角帶來興奮。他自知為毒品所困，前路黯淡。藍藍灰灰的天空象徵的正是這種自我認知。其實《烈佬傳》的封面及封底插圖，為作者親手繪製，用了同系列灰暗色調，作者意欲傳遞故事那種幽晦基調，自亦有跡可尋。小說開首，一如戴維‧洛奇（David Lodge）指稱，是引領讀者從現實進入虛構世界的門檻，作用不容忽視[46]。作者如何為作品風格定調，亦往往於此可見。以上引述段落，雖可見主角對生活不抱希望，卻並未流於自我哀憐或憤世嫉俗。坦然面對厄逆，接受命運，處變如常，更是全書意欲帶出的思維層次。誠如論者黃子平所言：

> 「烈佬們的『烈』，不在幫派江湖的暴力摧殘，也不在法律機器的規訓教化，而在他們以一己必壞之肉身，面對命

運時的坦然夷然。」[47]

在如此淡然看待自身的烈佬世界裡，人與人的關係，其中的人情世故，敍述又如何演繹？

## （三）「江湖偶遇」──烈佬的人情世界

現實生活中，吸毒者受困於毒品及毒癮，精神及肉體受盡戕害，身邊親人也飽受牽連。任職社工多年的陳豪柱，提及處理的個案，便有不少人因吸毒而人情關係受損[48]。黃碧雲則說「江湖偶遇，互不相認」為吸毒者人際相處模式[49]。這些人經常進出監獄，無處為家，流浪漂泊，難與人建立長久關係。這種認知，於是落實成為《烈佬傳》書寫內容。現實中人如是，小說中烈佬亦如是。不同的是，後者的江湖偶遇，在作者主觀敍述視角下，不時帶有現實中罕見的溫情。在烈佬的世界裡，人與人相處難能持久，短聚終散，為必然過程。前景黯淡，更使江湖中人交往，帶著無奈色彩。男主角與愛麗思的關係，正是明顯例子。兩人同是天涯淪落人，暫相取暖，不慍不火，反更帶出隱忍無言，讓人低迴不已的人生況味。

至於阿牛則可謂男主角生命中「重要他者」（significant other），亦即為與男主角關係密切、影響其行為的人[50]。他年長男主角幾歲，更先入黑社會，為見證後者走入歧途重要人物。男主角回憶敍述裡，阿牛年輕時高大帥氣、口才辨給，令人艷羨。然而，染上毒癮後，阿牛變得寡言，外形頹敗。兩人走過黑社會歲月，身歷吸毒之苦，早已對人生不抱憧憬。作者卻不忘鋪陳二人交往情誼。男主角入獄，阿牛常往探望，傾談雖少，卻無妨敍述藉著探監的「風雨無改」（頁57），凸顯二人交情。後來重遇，交談不多，依然相互明白心意。阿牛手震、關節僵硬仍開計

程車，男主角意識到危險，阿牛同樣洞悉男主角的想法：

> 「我心想，你不是遲早撞車，你的客真是保你大。真的是
> 多年兄弟，阿牛好像知道我想甚麼，說，個個客上車前我
> 都幫他祈禱吟經，有神拜神，有佛唸佛。我們笑起來，好
> 像我們還是十幾歲，他還是那個講這講那，一頭黑髮，拿
> 刀去斬人，又畫得一手靚畫的新紮兄弟。」（頁99）

江湖人老，往事惟成回憶。年少輕狂的不堪歲月，早已消逝。玩
笑淺言間，表達的更是老敗的人生困境。小說有一段寫男主角
販毒，卻赫然發覺買家為已改做正行的阿牛。男主角即勸說他不
要再吸毒。男主角自己仍在吸毒，卻希望對方改過自新。如此情
義，帶出的更是同道人無望中的冀盼。阿牛年少已入黑社會，吸
毒、販毒，後來開計程車，妻小離去，以至病死，小說均不忘交
代。其中不僅表達他與男主角的密切關係，更同樣反映處於黑暗
的孩子，無法重拾光明的命運。男主角回顧阿牛的經歷，如鏡像
般也同時看到自身灰暗的一生。這種憐人自惜，亦反映在男主角
對其他同道人的態度上。男主角初遇阿嬌，得知她街上流浪，於
心不忍，便讓她留宿。她受到欺負，想吸毒自我麻醉，他便提
醒，如此下去，難返正途：

> 「我說，那些事情會過，你還小。那味野，你要想清楚，
> 你開始了，很難甩身，你條路以後會很難行。她搖搖頭，
> 頭枕著枕頭，睡著了。我望著她，眼睫毛長長的，不知她
> 有沒父母，她父母有沒找她。」（頁43）

鑑人明己，憐人自憐，從阿嬌的弱小無助，男主角看到的亦是自

身如何無端走上吸毒不歸路。路難無望，固是對阿嬌的刻劃，也是男主角的人生寫照。男主角心中追問阿嬌父母有否找過阿嬌，正是對生父當初有否尋找自己的同樣詰問。疑問背後的假設未嘗不是：至親尋找與否，足以影響一生。

男主角與父親的關係，同是《烈佬傳》涉及內容。其中父親這一角色，沉默寡言，與子女感情疏離。《孽子》的李青給逐出家門，流落臺北街頭；《烈佬傳》的烈佬則是自己離家出走。如果說黃碧雲筆下慣見的血腥暴力讓人不忍卒讀，那麼《烈佬傳》男主角的反哺之心，則有吸引讀者的人情倫理。男主角雖流落在外，吸毒、藏毒、偷錢，遭父親厭棄，仍盡孝道拿錢回家。心裡明知不獲接納，卻抱著始終是父親的倫常想法。以下敘寫男主角在父親店鋪外遙望，閒淡之中越見感情蘊藉：

> 「我見到我自己的倒影，因為陽光很猛，眯著眼，和阿爸一樣，穿一件白恤衫，領一定有點灰，⋯⋯頭髮也像我阿爸，剪得短短的，軍人裝⋯⋯我沒有進去找阿爸，找到也沒有甚麼話說。」（頁159-160）

衣領帶灰的形容，說明的是兒子也像父親般愛潔淨，因此在意自己衣領上是否留有污跡。其實兒子髮型、衣著與父親相似，已可見前者如何通過模仿來表達對後者的依戀。倒影起了鏡像作用，讓男主角不能逃避這種認知，亦輾轉闡述了為親父唾棄導致的情感失落。特拉維斯・霍克（Travis Hawk）曾指出，對兒童漠視不理，會造成莫大傷害[51]。像這種生父的心靈「缺席」，也往往是現實中幫派頭領受到尊崇的原因。《烈佬傳》的王天瑞便彷彿扮演了父輩在生活、情感上的指導、保護角色。更為特別的是，王天瑞有著非一般黑社會慣見的刻板形象。黃碧雲自己更認為是一

浪漫形象[52]。男主角心目中，曾留學英倫的王天瑞，斯文抑鬱，「永不會老」（頁151）。永遠不老的形容，除為早逝結果外，也象徵說明男主角對「大佬」形象的冀盼。黃天瑞曾有的忠告，男主角惶惑時即回想起來：

> 「小心行自己要行的路，記著所有發生的事情，有一天，你會發覺你一無所有。」（頁23）

然而，一如未能從父親處得到感情慰藉般，男主角亦會質疑王天瑞對他的所謂庇護。他遇上警察時，王天瑞表現的冷淡，即讓他有深切體會：

> 「這時我見到大佬行過，好像不識我，推門入酒吧，我叫，大佬，門已經關上」（頁19）

剎那間，呼叫無門，「大佬」扮作不相識，對男主角心靈自造成巨大衝擊。其實，這種對親情的心底渴求，反而在主角給視如父兄般的其他關係上得以實現。上述主角與阿嬌的相處正為一例。故事結束時出現的阿啟及阿蓮，對男主角體恤親近、尊敬重視，也讓男主角彷彿於晚年尋回久違的倫理親情：

> 「阿啟帶著阿蓮，見到我，兩個都站起來……阿蓮居然從手袋裡面，拿了一封利是給我，說，難哥，給你一封利是，他倆當足我是大佬。阿蓮說啤啤出生了，過年去你處拜年。我說，那些地方，你離開了就不要再回來。……阿蓮將瑤柱絲和西蘭花挑出來，給我蛋白，……我賺到錢，等阿蓮生了啤啤，可以給她回一封

大利是。」（頁191-193）

以上段落，書寫內容平實及生活化之餘，更儼如帶出傳統禮數精神。特拉維斯·霍克（Travis Hawk）指出，他人的體諒與接納能增進自我成長[53]。烈佬在黑社會中未能感受眷顧，反而在與阿啟他們相處中得以實現。這也就是透過與他人良好關係，從而肯定自我。男主角與阿啟初相識時，曾因互相扭打而給警方扣留，小說中有這樣的回溯：

> 「（筆者案：指阿啟阿媽）便問阿啟，做乜你同他打架，
> 要我保埋佢。阿啟說，因為我有阿媽，他沒。他成世沒見
> 過他阿媽。說得阿啟阿媽，不好說下去」（頁181）

阿啟為精神病患者，卻無礙他以己有，同情他人所缺。正是毋用複雜思維算計，只是簡單直接推己及人，善待他人。在黃碧雲作品中，人與人的關係，往往以倫常乖舛，或讓人震懾不安方式呈現。《烈佬傳》雖以吸毒者為敘述對象，卻盡量淡化讓人不安情節，把筆觸落在平凡、富人情味層面上。這種溫和動人江湖情味，也有別一般黑幫電影的義氣陽剛刻板形象，而呈現更富日常生活質感的一面。

## （四）「過去是會返轉頭找人的」——自我命運的反思

《烈佬傳》以傳為名，可見記載烈佬人生的寫作傾向。第一人稱書寫，更展現主角對命運不斷的自我反思。「過去是會返轉頭找人的」（頁103），全書的敘述也因此以回憶作為軸線，將六十年來發生在主角身上的事，斷斷續續地拼湊起來。米哈伊爾·巴赫金（Mikhail M. Bakhtin）指出：實際上，過去無法更

易，但表述方式可以改變，而記憶則起了認識及理解作用[54]。其實，記憶的選擇，以至敘述的落實，可看成為個人自我追尋的歷程。正如丹·姆亞當斯（Dan P. McAdams）所言，沒有自身故事的敘述，也就無法自我瞭解[55]。《烈佬傳》中，男主角大半生吸毒，通過敘述，回首前塵，對於一己命運的探討，更是其中重要課題。這種對生命的回顧，無論具體細節如何，最後仍是指向自我身分的確認。

心理學家埃里克·埃里克森（Erik Erikson）的人格發展理論，說明了青少年對社會群體認同的渴望[56]。《烈佬傳》男主角少時亦然，只不過，他所認同的是社會及法律所不容的幫派。男主角昔日離家出走，給遊說跟從擬想的黑社會藍圖生活：

> 「跟大佬搵食，有班兄弟，有吃有住，有錢賺，有人一齊玩。」（頁10）

書中對黑社會入會儀式有詳盡描寫，並一一羅列那些強調兄弟義氣的詩作。然而，小說的敘述又不時通過男主角的主觀感受，質疑眼前的虛妄：「原來是要做大戲」（頁12）。又如對那歃血為盟儀式，書中同樣以引致身體不適，傳達當事人心底的無形排斥：

> 「灰哥又燒黃紙，刺我們指頭，滴血入聖杯，一人喝一口，又腥又苦。我頭暈身熱，幸好飲完血就做完。」（頁13-14）

值得注意的是，入會成為兄弟後，男主角即被安排販賣毒品：

> 「要出去賣嘢。原來賣那啲『嘢』，是白粉。」（頁14）

入會的所謂同盟兄弟，在這裡先不見互相扶持，反而見到被委派從事非法勾當。從語言敘述角度來看，前句「原來是要做大戲」與此句均以「原來」二字引入內容，正好說明男主角恍然而悟的心理狀態，隱然帶出的，也是對昔日生命誤託的反思。對於王天瑞與自己的關係，前節已稍作探討。這裡擬再說明的是，年輕男主角雖一方面視王天瑞為人生偶像，阿牛之外另一重要他者，但也意識到比照之下，自己生命反越顯低微卑下：

> 「大佬年輕有為，不像我們做小的，不知道前路怎樣，會不會成世都坐監。」（頁23）

對於黑社會所謂義氣的質疑，在以下男主角與同道人阿物的對話中也可得見：

> 「都沒聽到那個阿灰，在法庭的證供，乜都不關他事，乜都是我們做……阿物舉起拳頭說，我肯賣命就扮晒兄弟，做阿大的邊度有好。我亦不知再說甚麼，只說我走了。」（頁45）

敘述呈現的，是兄弟表面看似不分彼此，禍福同當，其實內裡同樣自私自利，以大欺小。男主角十八歲出獄那次，重回灣仔舊地，才隔一年，卻驚覺一切改變。認識的人、熟識的地方，彷彿一下子消失了。害怕過後，他體會更深，明白有社團兄弟關顧想法的虛妄：

「其實我知道，我不要旨意可以倚靠任何人，原來都是各
自搵食……大佬死了歸阿公，我想自己搵食，不想跟魷魚
仔，再跟人稱兄道弟，呃鬼。」（頁30-31）

十八歲為成人之年，《烈佬傳》也似乎有意以此作為男主角覺醒
的年齡分界線。

《烈佬傳》男主角少年開始吸毒，從此成為社會邊緣人，受
到排斥。徐向群的研究指出，吸毒行為可源於當事人意欲從屬某
一群體及亞文化[57]，男主角由於入了黑社會，與吸毒同伴相交，
才會吸毒。然而，男主角吸毒後雖有了一群所謂兄弟，卻對他人
怎樣看待自己有所介懷。十四歲時他便因別人叫他「白粉仔」
（頁19）而與人打架。後來進出監獄多次，自我調適，改以沉
默、順應來面對他人白眼及言語侮辱。這亦是男主角給視為：

「以輕取難，以微容大，至烈而無烈」（封底頁）

的性格表徵。然而，以下自白，卻可見他內心仍隱藏不平：

「我是不是賤格，我是不是人渣，不由你們這些穿制服或
不穿制服，袋支炮就有支野，個個月等出糧的人來決定。
我行這條路，我一樣有付出。」（頁60）

在《烈佬傳》中，男主角面對人生逆厄，往往淡然面對，少有激
烈內心抗爭或辯解。以上不忿，揭示的或更是作者主觀情緒的
滲入。當然，男主角在作者心目中雖能坦然面對人生，卻並非不
會思索自身命運。六十年走過，透過時間沉澱，個人成熟，更讓
他能清楚回顧自身生命。命運的偶然，為其中重要內容。入黑社

會，半生沉迷毒海，所謂誤入歧途，自有背後複雜因素，而男主角則把之歸結於運氣上：

> 「人生的不幸，不過在於那極少的偶然。其他的事，理所
> 當然，知道會發生，無所謂幸與不幸。」（頁80）

> 「做人怎會那麼好運。那麼好運就會在外面，怎會在這裡
> 和你一齊賭，我說。」（頁71）

他十一歲在公園結識玩伴阿生，跟著入了黑社會。一個看來隨意的決定，成為人生轉捩點。一起玩的大衛仔，那時沒跟他們出走，命運便截然不同。以下一段，燈光下陰暗倒影的自述，表達的亦是一種無奈的情緒氛圍。

> 「阿生指著我們地上的影子，影子好暗，但可以見到，阿
> 生的影子，我的影子，在我們前面，阿生說，天主就住在
> 這裡。……燈光之下，影子很小。」（頁155）

天主在影中相伴，只是見證他們的墮落。影子又小又暗，固是人生縮影，也是他們弱小無依，前路晦暗的見證。黃碧雲在〈杜祭文〉中，曾這樣形容經營書店、一生潦倒的羅志華：

> 「每次想起他都會想起他的影子，很細小」[58]

可見，黃碧雲慣用影子細小來喻示投影者的微弱孤苦。這種對人生的自我觀照，其實亦可間接從男主角描述同道人的外貌中反映出來：

「我十二歲開始食白粉，就沒長高，……阿生和我差不多
高。後來在電視上見到阿生，還是瘦瘦小小，像我們同道
人。」（頁120）

「我覺得在滷味站（筆者按：指美沙酮診所）外面那班
人，臉黃黃，又瘦又小。」（頁150）

「第一次去土瓜灣，那班人就坐在滷味站對面的花槽旁
邊，面黃黃，瘦瘦小小。」（頁194-195）

臉黃瘦小，寫的不僅是毒品對個人外在形態、生理健康的影響，
更是對內在心靈的摧殘。瘦小身體背後指向的，是無法扭轉弱
勢的自我認知。這種負面心態，一聯繫到個人自由上，更加成了
難以消除的困惑。《烈佬傳》近尾聲處，多次提及自由喪失的問
題，如以下一段，寫別人，也是寫主角自己：

「隨處飄流，好像灣仔那班兄弟，為幾粒丸仔，全港九周
圍撲，為幾粒白粉，六親不認，一生人有大半世坐監，又
不見得很自由。」（頁170）

人生往後，始能回顧總結。失去自由命題，集中全書最後一章，
自有敘述安排匠心。人生最終失掉自由，追源究始，又與當初
毒品對人短暫麻醉相關。吸毒心理研究指出，毒品令中樞神經
興奮，讓人感到一時快樂，忘記痛苦壓力，進入幻覺世界[59]。在
《烈佬傳》中，男主角也有過猶如孫悟空騰雲駕霧，一切盡在腳
下的飄然感覺，然而，日久成癮，終至沉淪陷溺，不能自拔：

> 「那味野令你忘記時間，忘記自己，忘記這個世界。這種
> 快樂，可以有幾個小時。醒了，就很想快點再忘記，就要
> 再食第二次。成世迷迷糊糊，最好永遠不會醒過來。」
> （頁153）

醒來終有時，男主角意識到吸毒要面對的更是健康受損，生活興趣盡失，自由淪喪的沉重代價。

## 三、總結

關注隱於黑暗的孩子，讓黃碧雲寫成《烈佬傳》。她曾如此表示身為寫作人的責任：

> 「知識分子有字，名門望族有錢，各自記錄自己的歷史，
> 這樣的一群人，我不寫，就沒有人知道，他們所活過的，
> 也是我們的小歷史，愈小至無。以小而面對大」[60]

然而，更值得注意，是黃碧雲如何銳意擺脫從外在角度，展開這些人的故事。換言之，她並非想化身代言人，而是要經由對方立場，讓他們親身表述獨有經歷。奧利弗・薩克斯（Oliver Sacks）強調，從生物、物理角度來說，每人差別不大，但就歷史而言，有了敘述，人人都是唯一的。通過回憶，內在的延續敘述，個人自我也就得以建立[61]。黃碧雲於《烈佬傳》中，正為角色尋找這種建立個人自我歷程。第一人稱回憶敘述、簡淺語言，以至廣東口語夾雜等，均可說為達上述旨意的藝術手法。此外，香港街道、建築物名稱，以至歷史時事挪用，虛構中帶真實，除勾起本

土情懷外，亦為小說製造了真假難分的世界。讀者也往往因為自身相連經驗而更易投入其中。

　　特拉維斯・霍克（Travis Hawk）指出，社會受惠者，是很難從有利角度去看那些非受惠的孩童。唯一竅門是客觀而又溫情地聆聽對方說話，認識他們，繼而一起感受[62]。黃碧雲搜集《烈佬傳》資料過程中，便曾意識到用心聽取當事人說話的重要[63]。《烈佬傳》成書後，無論從內容或表述的刻意安排來看，均見作者如何與角色一同感受的精神。最後，希望通過查利斯・庫利（Charles Cooley）鏡中自我（reflecting/ looking glass self）理論，為本文收結。查利斯・庫利（Charles Cooley）認為自我為人與人互動下之結果。別人對我們來說，是一面鏡。這面鏡子，直接影響我們的自我意識[64]。一般來說，現實生活中，遊走於社會底層的吸毒者，在同道人以至一般人目光下，自我價值感亦偏低下。然而，《烈佬傳》一書中，經過作者有心維護，讀者樂於參與，為大眾忽視的社會邊緣者，終得以無火之烈的儡人烈佬形象，現身人前。

# ◆注釋

1 黃碧雲：《烈佬傳》（香港：天地圖書公司，2013），頁1-199。

2 黃碧雲：〈過譽〉，《明報周刊》第1587期（1999年4月10日），頁152。

3 董啟章曾指出黃碧雲小說的內容，讓人覺得「驚悚」、「不忍卒讀」。劉紹銘則指出黃碧雲筆下世界「很可怕」。
   a. 董啟章編：〈筆記黃碧雲〉，《說書人——閱讀與評論合集》（香港：香江出版公司，1996），頁201。
   b. 劉紹銘：〈寫作以療傷的小女子——讀黃碧雲小說〈失城〉〉，《十二女色》（黃碧雲著，臺北：麥田出版公司，2000），頁258。

4 黃碧雲：〈過譽〉，《明報周刊》第1587期（1999年4月10日），頁152。

5 Sau-ling C. Wong, "Circuits/ Cycles of Desire: Buddhism, Diaspora Theory, and Identity Politics in Russell Leong's Phoenix Eyes," *New Asian American Writers and News from UK, Italy and Asia: Literature and the Visual Arts*, ed. Lina Unali (Sun Moon Lake Telematic, 2006) E. Book.

6 黃碧雲：「第十二屆香港中文文學雙年獎獲獎作品導讀會：小說組雙年獎獲獎作品：《烈佬傳》」，第十屆香港文學節，香港中央圖書館，2014年6月29日。

7 黃碧雲：《烈女圖》（香港：天地圖書公司，1999），頁1-264。

8 Alain Robbe-Grillet, *For a New Novel: Essays on Fiction*, trans. Richard Howard (New York: Grove, 1965) 158.

9 黃碧雲：《烈佬傳》（香港：天地圖書公司，2013），封底頁。

10 白先勇：《孽子》（臺北：允晨文化出版社，1990），頁1-409。

11 兩書作者對創作初衷有相類自剖。《孽子》有以下題詞：「寫給那一群，在最深最深的黑夜裡，獨自徬徨街頭，無所依歸的孩子們。」《烈佬傳》封底頁亦有以下說明：「如果有一個全知並且慈悲的，微物之神，他所見的這一群人，都是黑暗中的孩子。」

12 Alain Robbe-Grillet, *For a New Novel: Essays on Fiction*, trans. Richard Howard (New York: Grove, 1965) 161.

13 〈文學的權力與自由精靈的懷懷疑與否定〉（黃碧雲得獎感言），此文收於香港浸會大學文學院為「第五屆紅樓夢獎」編製的小冊子，2014年，頁7。

14 黃碧雲：〈言語無用沉默可傷〉（紅樓夢獎得獎感言），《明報》2014年7月21日，版D4。

15 黃碧雲、陳豪柱、鄧樹榮、文潔華：「無火之烈：說黃碧雲的《烈佬傳》」，第五屆紅樓夢獎公開講座，香港浸會大學，2014年9月22日。

16 Dan P. McAdams, *The Redemptive Self: Stories Americans Live by* (New York: Oxford UP, 2013) 58.

17 黃碧雲、陳豪柱、鄧樹榮、文潔華：「無火之烈：說黃碧雲的《烈佬傳》」，第五屆紅樓夢獎公開講座，香港浸會大學，2014年9月22日。

18 Trinh T. Minh-Ha, *Woman, Native, Other: Writing Postcoloniality and Feminism* (Bloomington: Indiana University Press, 1989) 8-9.

19 黃碧雲、張達明：「《烈佬傳》的寫與不寫」，第五屆紅樓夢獎公開講座，香港中央圖書館，2014年9月20日。

20 Mary Slowik, "When the Ghosts Speak: Oral and Written Narrative Forms in Maxine Hong Kingston's China Men," *Melus*, Vol. 19, No. 1 (Spring, 1994) 3.

21 黃碧雲八十年代出版散文集《揚眉女子》，並以「尋找揚眉的意義」為題，撰寫自序。
   黃碧雲：《揚眉女子》（香港：博益出版公司，1987），頁1-197。

22 微喜為黃碧雲小說《微喜重行》女主角。一貫以來，黃碧雲喜於不同小說中重複使用角色的名字。
   黃碧雲：《微喜重行》（香港：天地圖書公司，2014），頁3-380。

23 William Lowell Randall, *The Stories We Are: An Essay on Self-Creation* (Toronto: University of

Toronto, 1995) 98-99.

24　黃碧雲：「第十二屆香港中文文學雙年獎獲獎作品導讀會：小說組雙年獎獲獎作品：《烈佬傳》」，第十屆香港文學節，香港中央圖書館，2014年6月29日。

25　董啟章、黃碧雲「默想生活，文學與精神世界」，香港書展講座，香港會議展覽中心，2014年7月20日。

26　熱拉爾・熱奈特著，王文融譯：《敘事話語・新敘事話語》（北京：中國社會科學出版社，1990），頁136。

27　Leon Surmelian, *Techniques of Fiction Writing, Measure and Madness* (NewYork: Doubleday, 1969) 66-68.

28　Jaber F. Gubrium, and James A. Holstein, *Analyzing Narrative Reality* (London: Sage, 2009) 5.

29　Clifford Robe Shaw, *The Jack-Roller: A Delinquent Boy's Own Story* (Chicago: University of Chicago, 1966) 3-13.

30　黃碧雲：「第十二屆香港中文文學雙年獎獲獎作品導讀會：小說組雙年獎獲獎作品：《烈佬傳》」，第十屆香港文學節，香港中央圖書館，2014年6月29日。

31　黃碧雲：「第十二屆香港中文文學雙年獎獲獎作品導讀會：小說組雙年獎獲獎作品：《烈佬傳》」，第十屆香港文學節，香港中央圖書館，2014年6月29日。

32　〈行宮〉：「寥落古行宮，宮花寂寞紅。白頭宮女在，閒坐說玄宗。」
元稹：〈行宮〉，《全唐詩》第400卷，第12冊（北京：中華書局，1985），頁4552。

33　新婦女協進會編：《又喊又笑——阿婆口述歷史》（香港：新婦女協進會，1998），頁2-281。

34　Trinh T. Minh-Ha, *Woman, Native, Other: Writing Postcoloniality and Feminism* (Bloomington: Indiana UP, 1989) 149-150.

35　黃念欣在論文中曾以「暴力美學」為題，探討黃碧雲的小說。
黃念欣：《黃碧雲小說中的「暴力美學」研究》（香港：香港中文大學哲學碩士論文，1999），頁1-184。

36　黃碧雲：「第十二屆香港中文文學雙年獎獲獎作品導讀會：小說組雙年獎獲獎作品：《烈佬傳》」，第十屆香港文學節，香港中央圖書館，2014年6月29日。

37　李旭：〈周作人散文「平淡」風格的文體學分析〉，《廣東社會科學》1997年第4期，頁110。

38　黃碧雲：《沉默・暗啞・微小》（香港：天地圖書公司，2004），頁1-252。

39　梁文道：〈為甚麼黃碧雲這麼難懂〉，《梁文道文集：香港雜評》，http://www.commentshk.com/2004/07/blog-post_16.html，2014年9月12日。

40　汪湧豪指出：「平淡，是指稱一種素樸自然、平和淡遠，無涉於刻意雕造的藝術風格和境界。」
汪湧豪：《範疇論》（上海：復旦大學出版社，1999），頁125。

41　黃碧雲曾指出沉默的「重量」，認為言語無法完成震憾人的使命。
董啟章、黃碧雲：「默想生活，文學與精神世界」，香港書展講座，香港會議展覽中心，2014年7月20日。

42　a. 黃碧雲、張達明：「《烈佬傳》的寫與不寫」，第五屆紅樓夢獎公開講座，香港中央圖書館，2014年9月20日。
　　b. 汪曾祺：〈細節的真實——習劇札記〉，《汪曾祺全集》（散文卷）第三集（北京：北京師範大學出版社，1998），頁418-419。

43　汪曾祺：〈細節的真實——習劇札記〉，《汪曾祺全集》（散文卷）第三集（北京：北京師範大學出版社，1998），頁418-419。

44　黃碧雲：〈失城〉，《溫柔與暴烈》（香港：天地圖書公司，1994），頁188。

45　黃碧雲：《烈女圖》（香港：天地圖書公司，1999），頁3-4。

46　David Lodge, *The Art of Fiction* (London: Secker & Warburg, 1992) 5.

47　黃子平為第十五屆紅樓夢獎之決審委員。引述段落來自「決審委員評語節錄」，見香

港浸會大學文學院為「第五屆紅樓夢獎」編製之小冊子，2014，頁4。

48　陳豪柱：《黑夜過後──更生服務系列》（香港：超媒體公司，2007），頁162-196。

49　黃碧雲不僅一次在演講中這樣說明。
　　a. 黃碧雲：「第十二屆香港中文文學雙年獎獲獎作品導讀會：小說組雙年獎獲獎作品：《烈佬傳》」，第十屆香港文學節，香港中央圖書館，2014年6月29日。
　　b. 黃碧雲、陳豪柱、鄧樹榮、文潔華：「無火之烈：說黃碧雲的《烈佬傳》」，第五屆紅樓夢獎公開講座，香港浸會大學，2014年9月22日。

50　Joseph Woelfel, and Archibald O. Haller, "Significant Others, the Self-Reflexive Act and the Attitude Formation Process," *American Sociological Review* Vol. 36, No. 1 (Feb., 1971) 74-87.

51　Travis Hawk, "Self-Concepts of the Socially Disadvantaged," *The Elementary School Journal*, Vol. 67, No. 4 (Jan., 1967) 203.

52　黃碧雲、張達明：「《烈佬傳》的寫與不寫」，第五屆紅樓夢獎公開講座，香港中央圖書館，2014年9月20日。

53　Travis Hawk, "Self-Concepts of the Socially Disadvantaged," *The Elementary School Journal*, Vol. 67, No. 4 (Jan., 1967) 203.

54　巴赫金著，曉河等譯：《巴赫金全集》第四卷（石家莊：河北教育出版社，1998），頁3。

55　Dan P. McAdams, *The Redemptive Self: Stories Americans Live by* (New York: Oxford UP, 2013) 55.

56　Erik H. Erikson, *Identity and the Life Cycle: Selected Papers* (New York: International UP, 1959) 88-94.

57　徐向群：〈吸毒行為及其控制的社會學分析〉，《福建公安高等專科學校學報──社會公共安全研究》第13卷第6期（1999年11月），頁12。

58　黃碧雲：〈杜祭文〉，《活在書堆下──我們懷念羅志華》（葉輝、馬家輝編，香港：花千樹出版公司，2009），頁38。

59　梅傳強：〈論吸毒的心理演變及其矯治對策〉，《重慶大學學報（社會科學版）》2002年第4期，頁94。

60　黃碧雲：〈言語無用沉默可傷〉（紅樓夢獎得獎感言），《明報》2014年7月21日，版D4。

61　Oliver Sacks, *The Man Who Mistook His Wife for a Hat and Other Clinical Tales* (New York: Touchstone, 1998) 110-111.

62　Travis Hawk, "Self-Concepts of the Socially Disadvantaged," *The Elementary School Journal*, Vol. 67, No. 4 (Jan., 1967) 202.

63　黃碧雲：「第十二屆香港中文文學雙年獎獲獎作品導讀會：小說組雙年獎獲獎作品：《烈佬傳》」，第十屆香港文學節，香港中央圖書館，2014年6月29日。

64　Charles Horton Cooley, *Human Nature and the Social Order* (New York: Charles Scribner's Sons, 1922) 183-185.

＊　全文2020年5月完成修訂，原刊於《華文文學》2016年第1期。

# 02　從草稿到定本

## ── 黃碧雲《烈佬傳》的生成研究

─────────────┤ 摘要 ├─────────────

　　本文比較《烈佬傳》四份電腦草稿與最後定本，探索作者黃碧雲創作過程中種種考量。作者對本土方言運用非常自覺，無論草稿或定本，均見使用廣東方言以至道地髒話。至於女性角色敍寫內容的選擇取捨，以至構詞表述越趨平淡，同樣見證作者如何不斷調整固有寫作風格，以更貼近角色的性格、經驗。第一人稱敍述手法於各稿中運用的貫徹統一，則在凸顯主角的自我意識。總體而言，《烈佬傳》數易其稿，從內容以至文字上的變動或不變，是基於創作者對社會邊緣弱小的關顧，一種人文精神。

## 一、文本溯源──從《烈佬傳》獲獎說起

《烈佬傳》[1]2012年獲香港中文文學雙年獎，2014年再奪香港浸會大學紅樓夢首獎。作品兩次得獎，備受推崇之餘，更帶來一系列研討講座[2]。黃碧雲一再受邀，現身說法，向大眾交代創作緣起及角色藍本等。創作者的心路歷程，在作者已死的後現代文學觀念影響下，往往受到輕忽。然而由於《烈佬傳》敘述幾十年人事變遷，本土色彩濃厚，大眾參與討論時，又難免觸及故事源頭、創作因緣層面。吸毒、黑社會、監獄等創作題材，更構成與大眾日常生活既相關又陌生的世界。這樣的小說世界，吸引了讀者的好奇與關注。黃碧雲搜集資料經過，虛構與現實的相互指涉，順理成章成為與會者交流焦點所在。她也一再交代如何不斷修改文本，以更貼近主角的人生經驗。這種討論已走向文本發生學研究範疇。

文本發生學本身為溯源方法，專研手稿或原始材料之類，關注作者的創作過程，如遣詞構思、增刪潤飾等。手稿受到重視，是因透過當中改動痕跡，能讓人瞭解作品形成過程[3]。然而，隨著電腦時代來臨，以紙筆創作的作家已越來越少。《烈佬傳》全文即以電腦輸入完成。如此一來，手稿特有的字斟句酌印跡，便似無從追尋。猶幸黃碧雲仍保留了幾份不同時期，內容相異的電腦草稿，足供比對研究。這類電子源版本，自有一定價值。正如論者何金蘭所期待，隨著電腦技術不斷發展，文本發生學應會有更豐碩研究成果。她在比較電子源版本與手稿時，雖依然強調後者重要，但也認同前者呈現作家風格的可能[4]。

本文以《烈佬傳》四份不同電腦草稿作為研究對象[5]。為方便說明，草稿分別名為A、B、C、D稿。單篇或表面來看，這些

電腦稿件本身的改動或杳無痕跡，然而把之相互比對並與最後出版的定本比較，仍可讓我們追溯作者寫作時種種考量[6]。其實文本發生學的重要理念，一如路易斯・海（Louis Hay）及威廉・金德曼（William Kinderman）等論者所言，是文本的生成過程。作品形成經過，本身已具備自足研究價值[7]。下述以《烈佬傳》電腦草稿與定本比對閱讀，正是創作過程的研究。

## 二、廣東方言與規範漢語的混合生成

　　規範漢語與廣東方言夾雜，無疑是《烈佬傳》一大特色。作者看來頗為沉醉於本土方言的書寫世界。喬安娜・索恩博羅（Joanna Thornborrow）指出，堅持少數人的語言是一種價值堅持，亦是自我文化身分的延續[8]。《烈佬傳》對廣東話的大量使用亦反映了作者這方面的意向。《烈佬傳》草稿階段，已見大量混入廣東方言，各稿均能找到例子，略舉如下：

A稿：

> 「姐姐仔，搵食要用眼」（頁4）、「有啖食，唔啈你」（頁7）、「窒吓窒吓，你知阿刮講嘢的喇，講咗十幾次」（頁7）、「都是為了條女。我都叫他不要搵女人錢，唔好近女人」（頁8）、「不知在那裡班了一個電視」（頁11）、「自己單拖去老笠」（頁12-13）、「頂你個肺」（頁15）、「我貐貐嘴」（頁16）

B稿：

「你黐線，有冇食藥呀」（頁1）、「坐監坐一陣又回來
開工搵食」（頁7）、「阿嬌說我家好巴閉，成家搵食搵
到日本」（頁7）、「拿到幾粒靚貨，我說阿歡我賺到錢
讓我們嘆他一嘆」（頁9）、「我已給差人打到散」（頁
9）、「他說我問你乜你答我乜」（頁13）、「好好睇
睇」（頁13）、「這次賴野不過要走就走」（頁17）、
「這個師奶阿殺和你說的甚麼」（頁19）

C稿：

「這麼硬頸的一個人」（頁2）、「就和阿生和我在洛克
道打荷包」（頁4）、「以為阿嬌是我條女」（頁6）、
「我們有這鋪癮的」（頁6）、「我一早想打他一鑊甘」
（頁7）、「但我大佬教落」（頁9）、「你條仔」（頁
9）、「邊度」（頁9）、「做邊瓣」（頁9）、」「食水
深唔深啲」（頁10）、「乞人憎」（頁16）、「你地做乜
事打交」（頁21）、「九唔搭八」（頁40）

D稿：

「你不會衰成世」（頁2）、「我最憎人污糟」（頁3）、
「咪攪我」（頁5）、「我保你大」（頁6）、「第二朝上
大三巴又得個吉」（頁7）、「又平又靚」（頁8）、「走
喇，等搏拉咩」（頁11）、「成日打人」（頁12）、
「因為好折墮」（頁15）、「皇咗又去第二度搵食」
（頁16）、「我頂佢個肺」（頁17）、「吳松貴更折
墮」（頁17）

句例不勝枚舉，均見證作者如何不斷以方言進入文本，衝擊書面語的慣有表述。有時僅為量詞變化，有時則為各種詞語置換，以至句子結構變動。然而，作者看來仍在摸索，所以即使同一表述，字詞運用並不統一。如D稿有「我哋」（頁16）、「訓」（頁16）的廣東方言詞彙，但同時也可找到「我們」（頁1）、「睡」（頁1）等規範漢語寫法；連方言字詞本身寫法也未達一致，一時寫作「嘢」（頁11），一時則寫作「野」（頁12）。A稿亦然，雖然通篇多處使用「他們」（頁2），但仍有方言「佢哋」（頁7）。D稿中又寫作「佢地」（頁1）。要知方言源自說話，有時只有讀音而無統一寫法，字形易趨相異。黃碧雲便特別購置廣東話字典，學習書寫[9]。至於C稿的：「我食port冇所謂」（頁21），則是方言及英文共冶一爐，隱然帶著殖民地語言印記。此外，有時同一句內，會密集地以方言字詞表述，如A稿下例的「皇」、「攪」、「呢樣」等：

> 「阿歡並非皇了，皇了好攪，有規有矩，香港地，呢樣好」（頁8）

而「皇」更帶有特定社群的詞彙特色。「地」在此處，以口語習慣來說，非為粵音第六聲，而應為第二聲，粵方言區以外的人，大概不易讀出這些字詞的地道神韻。又如D稿有廣東話「我地」（頁4），即是現代漢語中的「我們」，或也會讓不同方言區的人誤以為指「我的地方」。由此可見，作者提筆肇始，已決定了廣東方言與規範漢語混合的寫作方向，而並未在意粵方言區以外的人能否讀懂。

　　到了定本，廣東話運用更見水到渠成，通篇均可找到例子：

「哋麻甩佬照睇」（頁69）、「鬼理你」（頁93）、「噚晚那個女人留低的嗎」（頁78）、「有個靚女人，在喊苦喊忽」（頁78）、「不是兄弟不過你一晟」（頁99）、「議員不是得巴口」（頁101）、「賣野的問我，先生要買啲乜野」（頁128）、「有一盤水唧唧的淮山瘦肉湯」（頁128）、「搣甩不難」（頁150）

經過草稿練習後，定本中廣東話與書面語的結合越趨成熟穩定，運筆更顯收放自如。整體來說，如與C稿過於密集使用方言比較，定本可說較為適中合度。對域外讀者來說，定本中某些方言字詞意義，應可根據上下文得知。不過，作者也沒有放棄把較難明詞彙如「胳肋底」（頁27）、「毛管戚」（頁100）、「博落」（頁188）等置於句中。其中「博落」更是較古舊用語。此外，可注意的是，到了定本，男主角性情變得恬淡。由他作為敍述者，即使同樣使用方言，相對於草稿來說，風格語詞可說較為溫和沖澹，而行文節奏益見舒緩從容。

王中、謝伯端等論者指出，方言具私密性，是深刻心理符碼，代表語言感情的歸屬。這種特殊情感，更說明了人對所屬方言集團的自我意識[10]。黃碧雲在作品中堅持使用方言，除反映身為港人的自我意識外，亦是讓角色體驗一己的方式。前作《烈女圖》已見黃碧雲這方面的嘗試。一句「頭在沙頭角，屎忽在九龍城」[11]，便曾贏得評者垂青[12]。《烈女圖》呈現香港幾代女性掙扎求存的歷史，《烈佬傳》通過烈佬大半生，同樣見證香港幾十年的變遷。夾用廣東話憶述，正反映本土的情感意識。2014年《烈佬傳》獲獎後續座談會中，講者鄧樹榮曾舉該書一段為例，指出其形象化及感染力。道地用語的傳神演繹，正是不能忽視重點所

在[13]。即使到了2016年，仍有有心人興致勃勃以粵讀為名，舉辦相關講座，即席以廣東話誦讀《烈佬傳》選段[14]。小説運用方言的討論，再加上與會者以方言發言或朗讀，帶出的更是眾人背後共同的本土意識。在《烈佬傳》評論結集中，編者羅貴祥進一步指出，《烈佬傳》運用廣東話，超越狹隘地域文化身分指涉，彰顯了受壓迫者、邊緣文化、少數群體等較大議題[15]。《烈佬傳》最後付梓，無論香港天地版或臺灣大田版[16]，均沒附載廣東方言與規範漢語對譯。這種抗拒解釋，堅持讓讀者自我追尋意義的做法，背後帶出的未嘗不是作者融合方言與規範漢語的理念及堅持。

此外，為更真實演繹主角身處社群的口語特色，廣東「粗口」的混雜使用，也成為《烈佬傳》致力方向。彼得・特拉吉（Peter Trudgill）指出，語言為識別身屬集團標誌[17]。這種語言也有如邁克爾・哈利迪（Michael A. K. Halliday）提出的反語言（anti-language）特色。反語言常具反社會（anti-society）特徵，能助人從原有社團轉移至反社會集體[18]。黃碧雲不避禁忌，以廣東髒話入文，也可説表達了同社團成員衝擊主流價值的反社會傾向。使用粗言穢語，正如金斯利・博爾頓（Kingsley Bolton）及克里斯托弗・赫頓（Christopher Hutton）所説，往往非旨在實際溝通，而在彰顯社群間的社會界線（social boundaries）。少年使用者本身，常視之為黑社會成員身分標籤[19]。黃碧雲刻意讓角色「出口成章」，正是要凸顯他們身為他者的邊緣社會身分。草稿肇始，已見黃碧雲毫不忌諱地在對話中摻雜粗言髒語，例子俯拾皆是，略引如下：

A稿：

「阿生說你講乜撚野」（頁4）、「關你甚麼叉事」（頁

5）、「藍麗便一輪你老母臭西，問我望乜爛野」（頁
7）、「你個臭爛西你死開」（頁9）、「你老母個爛臭
西」（頁13）、「我說你黐撚線」（頁14）

B稿：

「我說好卵麻煩」（頁1）、「你唱乜鳩野」（頁4）、
「我說你寫乜卵野」（頁7）、「我說，仆街」（頁8）、
「我說你老母個臭西囉」（頁13）

C稿：

「我說你是男人我便打九你」（頁9）、「衰撚格」（頁
10）、「你讀乜撚」（頁23）、「而家我好撚臭咩」（頁
33）、「她說你死撚開」（頁42）、「阿媽你講乜撚野，
掉你個臭西乜撚賊都冇撚用」（頁46）

D稿：

「你讀乜撚」（頁4）、「我乜七都無但還有我這一個
人」（頁4）、「女人冇鳩用」（頁9）、「仆街」（頁
9）、「仆你個街」（頁17）、「黐撚線」（頁18）、
「我掉你老母」（頁20）、「冇撚用」（頁22）

到了定本，雖然仍有廣東「粗口」，但數量較少，運用時亦
顯得克制，只會零星夾雜一二字，如下列句子：

> 「說我食白粉關你乜撚七事」（頁20）、「我說你做乜撚
> 嘢還不睡」（頁73）、「一邊罵，仆街」（頁75）、「那
> 個人罵我，你個仆街，你不一樣食白粉，你扮乜春嘢」
> （頁150）

整體來說，定本以髒話入文時，再不會如草稿般恣意挪用。拉爾
斯‧安德森（Lars Andersson）及彼得‧特拉吉（Peter Trudgill）
指出，髒話除辱罵他人外，亦有非惡意挑釁，而僅具情緒宣泄及
隨意表述的功能[20]。無論草稿或定本，均能找到上述表達方式。
相對於草稿來說，定本為配合男主角雲淡風清的人生態度，「粗
口」數目銳減之餘，更偏向情緒表達或隨意慣性使用層面。這與
作品最後設定的平靜基調自然不無關係。語言如此克制，其實亦
見於作者如何在定本中，一再調整固有寫作風格。

## 三、不斷自我修改的寫作風格

　　黃碧雲文字風格一向濃烈，主觀而抽象的思維模式，往往滲
透作品之中。在《烈佬傳》幾份草稿裡，這種寫作特色依然清晰
可見。以D稿為例，對於「一」字，作者無端解釋一番：

> 「我寫著一，想著一。一字最少，所指尤多：單個、相
> 同、專注、全、滿、整、每、各、另、才、偶然、加劇、
> 概括、每每、每逢、竟、乃、皆、或，事物的另一面，既
> 一而一，即所有」（頁18）

以上引申，與上下文看來沒有明顯關係。作者似是興之所至，想
起「一」字的多重意義，因而借勢發揮。最後顯示的仍是那種饒

富哲學思辨的個人表述。再如B稿，有一段以「阿嬌你不要哭」（頁11）開頭，接著想像不斷跳接，帶出不同意象，如四月、梅花、桃花、女子等，拼湊成如詩語般的內容。再看B稿以下語句：

> 「灰藍綠，亡貓之眼」（頁1）、「死亡穿甚麼衣服」（頁2）、「牆壁要流的血，開始了便無法停止」（頁3）

以及D稿的「希望是甚麼？希望是雞」（頁1），同具難明哲理或複雜意象。總體來說，並不符合角色身分該有的表述情態[21]。又如A稿及C稿均讓主角記下探監名單。A稿寫的是：「鬼，聖，阿修羅」（頁1）；C稿則是：「魔鬼，阿修羅，聖安多尼」（頁1）。雖或為表達主角跟社福人員刻意挑釁或亂開玩笑，但用語抽象，更似文人自我耽溺的想像，對受教育不多的主角來說，未免有欠寫實。在定本中，這些敘述不復得見。

再以下列不同草稿為例，更可見作者對語言的節制，如何同時導致內容改變。阿牛與阿生大打出手，A稿有以下敘述：

> 「阿牛見血便發狂狂斬⋯⋯我回過神才衝出上去按著阿生隻手，隻手甩甩離離⋯⋯身上的血開始乾，啡紅色，有腥臭」（頁4）

B稿則為：

> 「阿生和阿牛分贓不均在盧押道大排檔互斬，想不到阿牛平日講話細細聲斬起人來眼都紅，納了菜刀便斬，斬到右手見骨，大佬追出來執起全身血的阿生送醫院」（頁5）

C稿亦有類似敍述：

> 「阿牛經過大牌檔見到刀便納，一斬阿生用手格擋，想不
> 到刀那麼利，半隻手就斷下來……我回過神才執起阿生隻
> 手……血乾了，啡紅色，有腥臭，好像賣魚佬」（頁4）

以上幾段，完全不避血腥，敍述冷靜仔細。手揮刀刃，肢體受
創，見骨或甩離斷落，均不忘交代，為作者「暴力美學」[22]典型
創作風格。D稿雖沒有描寫手斷過程，卻不忘渲染阿生後來的
淪落：

> 「個人望住我，對眼黑一黑，頭髮好長打晒餅，遠遠聞到
> 好臭，褲著一半唔著一半，露出半個黑屁股」（頁4）

到了定本，已不見肢體斷落那種流血煽情的細緻敍述，而只以阿
生「斬傷阿牛」（頁31、100）輕輕帶過。這種淡化戲劇效果，
情節內容越趨平實含蓄的手法，亦見於作者對原始資料挪用及梳
理的用心。

　　《烈佬傳》的寫作材料，黃碧雲搜集歷時多年。最後如何把
大量原始資料篩選運用，去蕪存菁，取捨之間，自不容易。她曾
記下不少黑社會成員所用詩句，更刻意置入小説之中。幾份草稿
羅列了不少例子。A稿首段即急不及待列出：

> 「一保紅燈照四方，二保紅棍保藍山」（頁1）、「忠義
> 堂前無大細，五祖堂前有尊卑」（頁1）

又如下列一首，更同時見於A稿及C稿：

　　「三三洪英去滅門，三六洪龍後大排，三九洪武來作法，
　　一百零八室乾坤」（頁1）

文本中記下這些詩句，用意自為更切實反映黑社會真貌。不過，
若太密集使用，反見作者選擇素材時未能適當取捨。
　　至於定本，以下表述：

　　「有忠心方可入門，無義氣請勿拈香」（頁12）、「義板
　　橋頭過孟君，左銅右鐵不差分，朱家設下洪家過，不過此
　　橋是外人」（頁13）、「立誓傳來有奸忠，四海兄弟一般
　　同，忠心義氣公侯位，奸臣反骨刀下終」（頁13）

再加上其他黑社會會規，同時編排於於兩頁裡，密度不可謂不
高。然而，作者把之置於入會儀式中，成為有機組合似的，看
來才不至過分突兀。此外，從以上詩句可見，「義氣」是黑社
會中人聲張的人際關係，亦即為不少港產黑幫電影所渲染的情
味[23]。現實生活中，正如論者廖子明詬病，不少人把黑道中人視
作英雄，嚮往其行事作風[24]。這種所謂義氣，《烈佬傳》中同可
找到，卻只是以獨特方式展示。幾份草稿所見盡是對《三國演
義》、《水滸傳》、《史記》內容及語句的挪用。作者借用某
些情節及渲染之忠義，美化筆下世界，可是有時似又過於沉醉
於其中的浪漫俠義情懷，而不禁引用了較多篇幅。這種長篇敘
述因未能與《烈佬傳》本身消融，以致淪為作者自我宣泄的情
緒。弔詭的是，作者一面製造古典浪漫之餘，一面又以逆向思
維予以衝擊。引用《史記・刺客列傳》一段，字數不少，試引
述其中幾行：

「誰知豫讓又『漆身為厲，吞炭為啞，使形狀不可知，行乞於市。』他為的是甚麼？我說，好戇居。他寧願自殘行乞，都不肯為趙襄子所用，為一『忠』字。他再伏擊趙襄子，這次趙襄子不能放他了，『寡人赦子，亦已足矣。』豫讓曰：『臣聞明主不掩人之美，而忠臣有死名之義。』他求趙襄子脫衣服讓他一擊，就當報了仇，『遂伏劍自殺。』我說，好蠢。……那些刺（筆者按：黃碧雲誤把『刺』作『刺』）客，為自己相信的送命？」（D稿，頁2）

作者花了不少文字闡述《史記》內容，卻不時插入「好戇居」、「好蠢」等非議。看似在不斷否定這些所謂英雄好漢的做法，但其實通過引用的文言語句，古典浪漫氣息依然深植其中。簡略的否定字眼，閒閒不經意的答話，並未能完全淡化整體的濃烈氛圍。到了定本，作者雖對古典世界的嚮往依然未變，但已不再有如上的冗長引述，轉化亦較為自然。以下文為例：

「原來灰哥年紀也不大，二十歲左右，右手前臂紋了一隻老虎，左手前臂就紋了一個濃眉大眼，頭紮白巾，身搭白布，兩掌張開見五指，身染梅花血的好漢，寫著『武松』……胸前打開，見到胸口紋有一朵玫瑰，真是粗中有細，肩上縛著一件毛衣，西褲皮靴，小腿處有點脹鼓，他彎下身來，在皮靴裡抽出一把呎長牛肉刀，報紙包著刀鋒，大佬說，你傻的呀，帶著架生通街走，灰哥笑了笑，將刀收回。」（定本，頁17）

人物出場，猶如昔日明清話本小說，行文語氣近似之餘，連內容也有相仿之處。角色身上揭示的武松紋身，更此地無銀般，直引讀者認證其中的古典印記。「大佬說，你傻的呀，帶著架生通街走」的加插，則接續前述草稿以廣東口語打斷古典敘述脈絡的表述方式。如此插入，也讓那種古典夢幻氣氛戛然而止。讀者，甚至作者自己，也就不得不重新面對角色身處的現實世界，而這一世界看來竟又限制重重。「將刀收回」是實寫，也是虛寫，好漢早已無用武之地，更何況那些隱於黑暗角落的烈佬。對這種帶有話本小說風味的寫作手法，作者看來樂此不疲。再以下列引文為例：

> 「這時天成出來，穿一件胸前開鈕的白T恤，見他紋有的一對青藍色雙鷹，穿一條淡藍爛牛仔褲，腰間掛一串銀骷髏鎖匙鏈，手戴骷髏戒指，頭髮剪到好短，眼下一粒紅痣，手指尾又紋了一朵藍玫瑰」（定本，頁95）

狀寫人物外形，同樣帶有話本角色出場的氣度架勢，宛似《水滸傳》的綠林好漢。如此氛圍下，黑社會人物的形象層次由是得到提升。小說最後以「烈佬傳」取名，也隱然帶出烈士般的精神內容。港人稱男性為佬，本有貶意。黃碧雲卻在「佬」前以「烈」修飾，佬的低俗味道由此轉化為吸引人的男性氣派。一群原本流落街頭，為社會不容的佬，在作者美意敘述下，便有了不一樣神采。再回看草稿之命名，B稿為「那夜之前」，由時間入手。A稿及C稿則同為「此處，那處，彼處」，從空間落想。從草稿不聞「佬味」，到定本「佬味」盡現，作者為筆下角色製造「黑道魅力」的努力，清楚呈現。

　　黃碧雲對《烈佬傳》以男性為主體的敘述方式，顯得非常

自覺。她努力擺脫慣有女性寫作風格，嘗試以男主角的視角、語言去重組他們的世界。以上《水滸傳》英雄的模擬刻劃，除在內容上凸顯角色的男性氣概外，更見融合話本語言與現代漢語的新嘗試。通篇來看，定本中主角寡言，敍述用字淺白，自有別於草稿。再如四份草稿中均可找到不少對眼睛的描述，其中不乏較抽象或富哲理的比喻：

> 「那雙眼，有點灰藍……她那雙，好像白內障，怎樣也看不清楚的眼」（A稿，頁13）

> 「水滴沒有流到我的腳尖，只跑進了我的眼，眼有味覺，酸，鹹，苦」（B稿，頁11）

> 「那雙眼，女人傷心至透的眼最好不要見著，見過你一生都無運行；那雙眼冰涼涼黑小石子在潭底一樣看著我，她甚麼都沒有說」（C稿，頁1）

> 「我眼睛都酸了，有蟲咬，歲月有蟲，積年成獸」（D稿，頁12）

黃碧雲鍾情眼睛描寫，而在運用相關比喻上，喻體與喻依距離頗大，主觀想像色彩強烈。到了定本，這類敍述內容已不復見。作者改用較貼近角色性別身分及出身經歷的直白語言。尤其定本以只受過初小教育的男主角為敍事者。從他的視角切入，阿嬌眼睛之類，也只著意於外形的簡單勾勒：「眼睫毛長長的」（頁43）。緊接此句，卻有以下引申：「不知她有沒父母，她父母有沒找她。」（頁43）可見作者已嘗試把關注範圍拓闊，思索現實

人生經驗層面，而非如草稿般一味耽溺於譬喻本身的美感想像。彼得‧特拉吉（Peter Trudgill）指出，不同語言可帶出對世界不一樣的觀照。綜上可見，從草稿到最後定本，作者是如何不斷調校固有語言風格，以更真實呈現筆下角色所感知的世界[25]。

## 四、女性角色敘寫內容的改變

黃碧雲一向擅寫女性故事，但《烈佬傳》寫的是一群「烈佬」。女性顯得次要。阿嬌這一女性角色，草稿及定本均有出現。男主角憐惜她同為天涯淪落人，時加照顧。幾份草稿中，二人關係較複雜，其中更有男女情慾描寫，如C稿便有男主角與阿嬌性交情節。男主角、阿牛、阿嬌兩男一女的曖昧感情糾葛，亦不乏描述。阿嬌買菜燒飯，三人湊合同吃，便恍如製造了臨時假想之家。至於B稿，阿嬌與男主角則以雌雄騙子身分出現。男女角色戲劇化地粉墨登場，情節曲折離奇。

到了定本，男主角與阿嬌關係較為單純。二人萍水相逢，男主角自身困頓，卻因不忍，對弱小的她施以援手。阿嬌的行事作風，定本沒有如草稿般渲染，而是較平靜含蓄地表達其不幸。試比較以下兩段：

> 「醫院候診室好嘈，有個癲女人在大聲叫痛，有個嬰兒大哭。阿嬌聽到就用小手指塞著耳朵，我湊近她耳邊說，你習慣了就聽不到。她放開手，大聲說，我為甚麼要習慣啊？我為甚麼要習慣被人強姦啊？你知道第一個是街市那個看更阿伯，他還給我一堆紅蘿蔔，這個是甚麼世界啊？有沒有公理啊？你叫我怎樣習慣啊」（A稿，頁6）

「她用手遮著臉，她的手掌連腕，縛著繃帶。我問，你怎
麼了。她說，不要問，我都沒有問你……她笑，說，我和
三零五二七，你知道灣仔警署第一巡邏小隊的林負，我和
他打架，我用吉打刺到他嘴唇崩了……在差館識到林負，
在房仔落口供，房仔只有他和我。你不會想知道房仔發生
甚麼事」（定本，頁41-43）

草稿中，阿嬌被強姦、墮胎的痛苦經歷，均有交代。通過她與其
他角色對話，事情真相逐漸浮現。到了定本，阿嬌仍遭不幸，但
交代點到即止。若然沒與草稿比對，讀者較難得知作者原有如此
構思安排。這正好反映作者如何不斷摸索寫作方向，以達致定本
的平淡簡約。其實話少、不偏執、默默於黑暗中承受命運，是作
者最後意欲帶出的江湖人物特徵。命運不由人，江湖偶遇，交往
不會持久，才是這些人關係的現實寫照。定本中男主角與另一女
性角色愛麗思惺惺相惜，正是聚散隨緣、不執著強求的典型例
子。他們懂得忘記過去，亦明白不會有將來，更意識到即使重
遇，也只會平靜再別。

　　總觀來看，為了顧全整體敘事內容及風格，定本與草稿中，
女性角色的設定，並不完全相同。較可親如愛麗思及阿蓮等，
於定本才可得見。草稿有的卻是如阿良般的刁頑乖異女性。以D
稿為例，阿良只有十多歲，卻言行放肆，恣意挑逗男主角。阿
良居家身穿校服，吟唱南音一段，帶出的便是與情景格格不入
的氛圍。又如C稿，同樣有阿良吟唱南音情節。人未見聲先至，
在男主角心目中，同樣是「唱到好淫」（頁27）的展示。後來亦
有「早知姦了她」（頁44）的敘述。男主角最後雖能抗拒誘惑，
但卻不乏「算我貪阿良青春少艾」（頁28）、「忍得好慘」（頁
28）等自剖。如此設計，與定本中男主角對性事沒興趣的安排可

說截然不同。其實，定本通篇，更見作者對男主角的維護。吸毒者、囚犯身分，無礙敍述展露他性情美好一面。如此偏憐角色，也解釋了定本為何不乏對女性較多溫柔包容的敍寫。如肥老婆便不嫌棄吸毒伴侶大口，至死相伴。阿蓮則對男主角猶如兄長般敬重，生活細節上體諒照顧。天成老闆娘僱用曾犯案人士之餘，更會以家常湯水相贈。這種帶著善良母性的敍事內容，草稿中便較為罕見。

## 五、結語──人文關懷下的「黑暗的孩子」

黃碧雲曾指出，好的作品要有人文關懷[26]。《烈佬傳》從草稿到定本的生成，正好體現此一看法。定本最後以「烈佬傳」為名，而在後記中，曾交代小說亦可名為「黑暗的孩子」。作者認為若有慈悲之神，必會看見隱於黑暗角落的弱小。視之為孩子，指涉的更是其孤苦無依，表現於小說中，即為關顧卑微眾生的悲憫情懷。黃碧雲認為，不寫下來，這些人的故事便會湮滅。於是她多年來搜集資料，記下他們的經歷[27]。然而，她又意識到，故事不能以第三身表述。讓角色親述所思所感，才能讓他們真正發聲[28]。作者堅抱此種信念，因而從草稿到定本，縱有不少改動，第一人稱寫法始終貫徹如一[29]。

此外，主角命名方面，同樣可見作者較為統一的構思意念。主角在B稿名為周明受，在其餘三稿則叫周作受。「受」字為名，或見作者意欲表達男主角對命運苦痛的承受。B稿主角有以下詰問：「這個世界真有得你受，所以我叫阿受嗎？」（頁1）男主角單親家庭出身，吸毒、犯案、出入監獄，恆為社會邊緣人。這種不為主流社會容納的小人物，人生自難平順安穩。「作受」也好，「明受」也好，受苦受難大概為主角必然面對之蹇

滯困厄。到了定本，主角雖同樣姓周，卻名為「未難」。評者
黃峪指出「未難」可釋作「未經災難」及「未經艱難」，更認
為名字寓意正與主角漂泊、經常進出牢獄之命途相悖[30]。其實，
以「未」置於「難」前，正好帶出作者為角色鋪陳那種「不說
難」、「以輕取難」（定本，封底頁）的背後深意。這也正是烈
佬舉重若輕，坦然面對困逆的平常心。此外，作者曾藉另一角色
蛇皮阿重之口表述：「佛祖有個弟子叫阿難」（定本，頁95）。
如此一來，「難」字指涉含義就更為豐富。佛教思維概念裡，歷
經苦痛，本是進入涅槃必經階段。定本最後選擇以「難」作為主
角名字，表達的亦是作者對走過苦難的小人物的關愛與寄望。

　　正是對角色一意維護，一種人文視野，驅使作家不斷擴展聚
焦內容，因而定本涵蓋時空更見廣闊。角色年幼生活，如何少不
更事，無端入了黑社會，以至吸毒犯事、進出監獄等均成為敘述
內容。由於時間跨越幾十年，地域變遷、人事社會變化亦統統成
為涉及範疇。相比於草稿較多讓主角沉溺於內心的寫法，定本反
更凸顯其豁達面對逆厄一面。這也恰是烈佬所以深入人心、為人
津津樂道的重要人格特徵。

　　心理治療理論早已指出，無論口頭或書寫敘述，均為表達自
我的方式[31]。《烈佬傳》的草稿或定本，正見證男主角述說一己
故事。從草稿到定本敲定，為了更如實地讓角色以本身思維、語
言作出表述，作者不斷淡化自身慣有風格。我們如認同詹姆斯‧
彭尼貝克（James W. Pennebaker）等人所說，寫作可以療傷[32]，也
不妨視黃碧雲此次創作為自我之診療——調治於黑暗角落目見受
遺棄者的不忍之痛。從另一角度看，角色可以發聲，訴說經歷，
則除可療治往昔創傷外，也是對向受漠視的社會身分的重新肯
定。恰如施鐵如所指出，寫作通過敘事串連事件，讓人領悟因果
關係，構築自我連續感[33]。《烈佬傳》主角，透過回顧往事，把

零星人生片段重新審視組合，對生命自能較全面認識。走過不斷
改動、修正的生成過程，敍述者與作者的協作，角色不僅找到鮮
明自我，亦在人前有了更自如自得的人生演出。這種自如自得，
最後也成為吸引讀者投入故事世界魅力所在。

## ◆注釋

1　黃碧雲：《烈佬傳》（香港：天地圖書公司，2013），頁1-199。

2　a. 黃碧雲：「第十二屆香港中文文學雙年獎獲獎作品導讀會：小說組雙年獎獲獎作
　　品：《烈佬傳》」，第十屆香港文學節，香港中央圖書館，2014年6月29日。
　　b. 黃碧雲、張達明：「《烈佬傳》的寫與不寫」，第五屆紅樓夢獎公開講座，香港中
　　央圖書館，2014年9月20日。
　　c. 黃碧雲、陳豪柱、鄧樹榮、文潔華：「無火之烈：說黃碧的《烈佬傳》」，第五
　　屆紅樓夢獎公開講座，香港浸會大學，2014年9月22日。

3　a. 皮埃爾・馬克・德比亞齊（Pierre Marc de Biasi）著，汪秀華譯：《文本發生學》
　　（天津：天津人民出版社，2005），頁1-4。
　　b. 陳子善：〈尚待發掘的寶庫——中國現代作家簽名本和手稿之我見〉，《城市文
　　藝》第1卷第7期（2006年8月），頁73-76。
　　c. 何金蘭：《法國文學理論與實踐》（臺北：秀威資訊科技公司，2011），頁19。

4　何金蘭：《法國文學理論與實踐》（臺北：秀威資訊科技公司，2011），頁48。

5　本文參照之電腦草稿為黃碧雲提供。

6　本文所指定本為天地圖書公司之版本。
　　黃碧雲：《烈佬傳》（香港：天地圖書公司，2013），頁1-199。

7　a. William Kinderman, "Introduction: Genetic Criticism and the Creative Process," *Genetic
　　Criticism and the Creative Process : Essays from Music, Literature, and Theater*, eds. William
　　Kinderman, and Joseph E. Jones (Rochester, NY: University of Rochester Press, 2009) 1.
　　b. Louis Hay, "Does "Text" Exist?" *Studies in Bibliography*, Vol. 41 (1988): 73.
　　c. Louis Hay, "Genetic Editing, Past and Future: A Few Reflections by a User," trans. J. M.
　　Luccioni, and Hans Walter Gabler, *Text*, Vol. 3 (1987): 117-119.

8　Joanna Thornborrow, "Language and identity," *Language, Society and Power : An Introduction*, eds.
　　Ishtla Singh, and Jean Stilwell Peccei (London: Routledge, 2004) 170-171.

9　黃碧雲：〈言語無用沉默可傷〉（紅樓夢獎得獎感言），《明報》2014年7月21日，
　　版D4。

10　a. 王中：《方言與20世紀中國文學》（合肥：安徽教育出版社，2015），頁8。
　　b. 謝伯端：〈試論方言情感〉，《湘潭大學學報（語言文學）》1985年第S2期，頁
　　241。
　　c. 宋穎桃、王素：《生命體驗與藝術表達：陳忠實方言寫作敘論》（北京：中國社會
　　科學出版社，2013），頁41。

11　黃碧雲：《烈女圖》（香港：天地圖書公司，1999），頁12。

12　鄧小樺認為此句寫得「尖刻醒目」。
　　鄧小樺：〈不為什麼，不是別的——黃碧雲《烈佬傳》讀後〉，《文訊》第325期
　　（2012年11月），頁22。

13　黃碧雲、陳豪柱、鄧樹榮、文潔華：「無火之烈：說黃碧的《烈佬傳》」，第五屆
　　紅樓夢獎公開講座，香港浸會大學，2014年9月22日。

14　吳美筠、黃峪、盧偉力、倪秉郎：「粵讀會之烈佬讀《烈佬傳》講座」，JCCAC藝術
　　節2016，賽馬會創意藝術中心，2016年12月17日。

15　香港浸會大學文學院、羅貴祥編：《第五屆紅樓夢獎評論集——黃碧雲《烈佬傳》》
　　（香港：天地圖書公司，2016），頁12。

16　黃碧雲：《烈佬傳》（臺北：大田出版社，2012），頁1-180。

17　Peter Trudgill, *Sociolinguistics: An Introduction to Language and Society* (London: Penguin, 2000) 13.

18　M. A. K. Halliday, "Anti-Languages," *American Anthropologist*, Vol. 78, No. 3 (1976): 575.

19　Kingsley Bolton and Christopher Hutton, "Bad Boys and Bad Language: Chou Hau and the
　　Sociolinguistics of Swearwords in Hong Kong Cantonese," *Hong Kong: The Anthropology of a*

*Chinese Metropolis*, eds. Grant Evans, and Maria Tam (Richmond: Curzon, 1997) 306, 323.

[20] Lars G. Andersson, and Peter Trudgill, *Bad Language* (Oxford: Basil Blackwell) 1990) 61.

[21] 梁文道曾指黃碧雲小說充滿詩意及哲理，但語言艱澀難懂。
梁文道：〈為甚麼黃碧雲這麼難懂〉，《梁文道文集：香港雜評》，http://www.commentshk.com/2004/07/blog-post_16.html，2014年9月12日。

[22] a. 黃念欣：《黃碧雲小說中的「暴力美學」研究》（香港：香港中文大學哲學碩士論文，1999），頁1-184。
b. 劉永：〈卡在喉嚨裡的金戒指——略論黃碧雲小說的暴力美學特點〉，《甘肅聯合大學學報（社會科學版）》第28卷第4期（2012年7月），頁67-70。

[23] 鳳毛（張鳳麟）在影評中，對港產黑幫片中強調的義氣有所闡述。
鳳毛：〈艋舺：一部臺灣味十足的黑幫青春殘酷物語〉，《2010香港電影回顧》（朗天編，香港：香港電影評論學會，2011），頁179。

[24] 廖子明著，孫衛忠譯：《驚濤歲月中的香港黑社會》（香港：博思電子出版集團公司，2005），頁174。

[25] Peter Trudgill, *Sociolinguistics: An Introduction to Language and Society* (London: Penguin, 2000) 15.

[26] 黃碧雲：〈過譽〉，《明報周刊》第1587期（1999年4月10日），頁152。

[27] 黃碧雲書寫烈佬口述故事，因為認為這些人無法像知識分子或名門望族般記錄自己的歷史。
黃碧雲：〈言語無用沉默可傷〉（紅樓夢獎得獎感言），《明報》2014年7月21日，版D4。

[28] 黃碧雲：〈言語無用沉默可傷〉（紅樓夢獎得獎感言），《明報》2014年7月21日，版D4。

[29] 李仕芬：〈邊緣的人生——論黃碧雲《烈佬傳》的回憶敘述〉，《華文文學》第132期（2016年2月），頁101-102。

[30] 黃峪：〈無火之烈，有語之言——論黃碧雲《烈佬傳》〉，《第五屆紅樓夢獎評論集——黃碧雲《烈佬傳》》（香港浸會大學文學院、羅貴祥編，香港：天地圖書公司，2016），頁64-65。

[31] a. 施鐵如：〈寫作的心理治療與輔導：功能、原理及其應用〉，《華南師範大學學報（社會科學版）》2006年第1期（2006年2月），頁118。
b. Dan P. McAdams, *The Redemptive Self: Stories Americans Live by* (New York: Oxford UP, 2013) 55.

[32] James W Pennebaker, Janice K. Kiecolt-Glaser and Ronald Glaser, "Disclosure of Traumas and Immune Function: Health Implications for Psychotherapy," *Journal of Consulting and Clinical Psychology* Vol. 56, No. 2 (Apr 1988): 239-245.

[33] 施鐵如：〈寫作的心理治療與輔導：功能、原理及其應用〉，《華南師範大學學報（社會科學版）》2006年第1期（2006年2月），頁118。

\* 拙文得以完成，有賴黃碧雲女士襄助，提供《烈佬傳》電腦草稿，謹此致謝。

\*\* 全文2020年5月完成修訂，原刊於《華文文學》2017年第3期。

# 03　戲劇性演出

## ── 林宜澐《東海岸減肥報告書》述評

├─────────────────┤ 摘要 ├─────────────────┤

　　在《東海岸減肥報告書》散文集中，作者林宜澐從不同角度，展示獨特可親的花蓮風貌人情，以想像形塑他心目中的理想居地。幸福、快樂的花蓮形象，就在角色戲劇性演出下，得以呈現。角色外形及肢體動作的誇張表述、角色互動的情味意趣、喜劇的濃厚氛圍等等，均為全書努力營造的特色面向。作者在文字世界中遊走的自覺及自得其樂，清晰可見。總體而言，夢、故事、生活的糅合，是作者於全書最終帶出的個人在地體驗。

## 一、從小說到散文 ── 林宜澐自得其樂的花蓮故事

散文易於流露自我，個人化色彩濃厚，難以脫離個人生活經驗，表述較為直接，靠近實際語言行為，種種特性，早為論者指出[1]。作家林宜澐即表示寫小說感到比較自在，下筆較放，而寫散文易於呈現自我，較多顧忌[2]。這種夫子自道，正好說明作者本人對小說與散文兩種文類不同特性的自覺。事實上，林宜澐出版的小說數目便遠多於散文[3]。林宜澐花蓮出生、成長背景，常成為論者檢視及比附其創作內容的重要考慮。作者本人卻刻意劃清自己的小說與花蓮的指涉關係，而只承認散文集《東海岸減肥報告書》[4]跟花蓮這一空間有關[5]。從《東海岸減肥報告書》處處離不開以該地生活為創作內容來看，作者的聲明自亦毋庸置疑。然而，可討論的，是他如何以非臨摹手法書寫花蓮。《東海岸減肥報告書》並非提供讓人對號查找的地理人事，以至特色美食。它恣意炫耀的是如何以想像搭建理想的地方。這一理想空間無疑是以花蓮為藍本，而更重要是作者不斷把藍本延伸、擴展，以致成為充滿個性的地方表述。作者在過程中自得其樂，熱熱鬧鬧地張揚表演，也一再說明作者本人書寫的主導位置。這是作家林宜澐的花蓮故事[6]。

林宜澐曾指出自身個性熱愛表演，論者亦每每從此一方向論述他的作品。從《人人愛讀喜劇》到《耳朵游泳》、《晾著》等，林宜澐天馬行空、喜孜孜表演給大家看的風格，一直貫徹始終。在《東海岸減肥報告書》中，作者同樣沒有放棄這一表述方式。歐文・戈夫曼（Erving Goffman）指出人們如何在日常生活中演出。大家就如演員般，在生活舞臺表演。他以內、外兩科醫護人員的分別為例，指出後者如何較前者更能以表演形式表達工

作內容。他認為外科醫生及音樂演奏家等，即較易於人前戲劇化
地表演[7]。《東海岸減肥報告書》以臺灣東部小城花蓮為寫作對
象，焦點放在居民衣食住行上。敍寫內容本身由於受制於日常生
活的重複、平實或瑣細，其實不易以誇張手法演繹。相對於小說
來說，這樣一種散文體，亦較難讓作者馳騁想像力，戲劇性地表
述。林宜澐在書中卻依然自得其樂，張揚、興高采烈地表演，向
讀者推介心目中的美好花蓮。

「幸福」、「快樂」等字眼，在《東海岸減肥報告書》中頻
頻出現，以解說居於花蓮的悠閒寫意。敍述者常不避嫌，一個勁
地向讀者直接推銷花蓮的美好：

> 「所以我說，不想壓抑的，不想立志做大事的，不想談壓
> 抑型戀愛的，請到花蓮來，到這裡有病醫病，沒病強身，
> 從北到南，從南到北走一趟，是不會錯的。」（頁70）

聲調口吻，猶如昔日江湖郎中沿街賣藥。一般來說，這種表達方
式，除或易於顯得過時老套外，用得過濫，或拿捏失準，更會帶
來反效果。然而，從全書整體來看，由於作者掌握得當，在一
種戲劇性表演前提下，氣氛鋪墊足夠，表達到位，反而帶出諧
趣味道。

## 二、戲劇性演出──花蓮其人其事

《東海岸減肥報告書》一書，除序跋外，共收錄四十二篇以
花蓮人事為題的文章。各篇可自成故事，但亦一脈貫通。富於戲
劇性的表述，為其中重要寫作特色。詹竹莘認為戲劇性可以如此
理解：

「戲劇的特性，在作品中的具體體現。主要指在假定情境
中把人物的內心活動（思想、情感等），通過外部的動
作、臺詞、表情等表現出來，直接訴諸觀眾的感官。」[8]

《東海岸減肥報告書》一書的戲劇性，同樣在作者自我設定的花
蓮環境下，藉著人物動作、對話及表情等體現，而由於要製造喜
劇氛圍，更常訴諸於較誇張的手法。作者敍說的人物，往往如舞
臺表演般，一出場便以獨特姿態吸引讀者。余秋雨曾指出現實生
活中的失度及偏仄，在舞臺上表現時，比例會自然擴大[9]。《東
海岸減肥報告書》一書，同樣利用這種舞臺效果，刻意把尋常現
實誇張放大。故事中曾經出現的日常生活諸事，若非作者有意擺
弄，也並非不能以平淡家常姿態呈現。吃特色小食、超市購物、
跑馬拉松、看球賽、養寵物、失戀等，在花蓮這一遠離臺北塵囂
的環境裡，本亦可以較為疏淡平實方式展示，現在卻熱鬧迂迴地
成為小城獨有情事。登場人物如阿康、阿轟、阿山、李維、邱
玲、阿邦、阿山老婆、馬拉桑、阿倫、阿芳、阿忠，同樣在作者
獨特觀照下，突破小人物慣有平淡內斂，耀眼奪目地演出。本來
在意識形態上被界定為後山的「落後」小城，也變得光彩亮麗，
充滿生趣。下列以其中幾篇散文為例，說明這種特有風格。

　　〈跟她一樣〉的女主角陸玲，作者一開始即交代說她有「一
種很舞臺的東西」，而作者更進一步指出舞臺物事放在尋常生活
裡，容易「凸槌」（頁239）。對陸玲的婚姻，敍述者「我」有
這樣的看法：

「她二十二歲結婚，二十五歲離婚，依我看正是一場表
演。表演給自己跟許多愛看的人看，等覺得戲演完了，下

臺一鞠躬，離啦。」（頁240）

短短幾句，同樣以「表演」為角色婚姻定位，乾淨俐落，語帶輕鬆，表達既是易來易去的男女情緣，也是作者風格的具體演繹。陸玲一貫的肢體動作，深具舞臺表演特質，而她對自身姿態的美感自覺，亦成為表述內容。至於文中另以修理汽車比喻男女交往種種親密以至疏離關係，浮想聯翩，層層推進之餘，更一再說明作者駕馭比附的文字功力。

〈暗夜行路〉的阿弄，「流氓」身世經口耳相傳，恰成小城傳奇，充滿戲劇性。在「我」的敘述下，阿弄的出場，不但不讓人害怕，反而抹上了喜劇色彩。阿弄為「我」國中同學，兩人多年不見，再相遇是在戲院唱三民主義當下：

> 「當唱到『夙夜匪懈，主義是從』時，忽然有人在黑暗中拍了我一下肩膀，我轉過頭，一個黑麻麻的影子站在後面對我笑。」（頁192）

嚴肅情景與流氓身分並置，那種不搭調成為刻意架設的笑位。敘述者更一再發揮以文字搞笑的表演能力，以老師預言成空來調侃阿弄小時了了。阿弄課堂上曾技驚四座的英語能力，幾十年後，只見證了時間對人無情擺弄，落得牙齒與英語同腐：

> 「老師驚為天人，直說阿弄再這樣自強不息下去的話，總有一天會當駐美大使的。天可憐見，數十年後，這句話被證實只是一個美麗的祝福。事實上，阿弄除了滿口的蛀牙之外，哪裡也沒駐成，既沒駐美，也沒駐英，倒是當年琅琅上口的英語，後來也蛀到差不多沒了。」（頁193-194）

敍述者透過語言製造似是而非的惹笑效果，以「日子有功」的牙齒蛀蝕過程比附每況愈下的語文能力，一再反映仍是作者善於形塑情景的表演能力。

詹竹莘、濮波指出，運用「戲劇性」這一概念時，往往與「偶然性、巧合、驟變等現象」有關[10]。〈失戀者的復健地圖〉除利用事件「驟變」製造戲劇性之外，更以角色情緒迅速由悲轉喜帶動喜劇氛圍。男主角阿康失戀，敍述者「我」曉以大義，並推介東部復健大道。阿康聆聽教益，旋即破涕為笑。所謂失戀，反成為表現諧趣風格的手段。以下引用一段「我」與阿康的對話：

> 「他說他的小鈴鐺跑了，說著說著竟哽咽了起來⋯⋯『小鈴鐺？什麼小鈴鐺？貓嗎？』『女人。』他說⋯⋯我安慰他：『哎喲，你這是幹嘛？又不是第一次！哭成這樣子，你自己不會笑自己嗎？』⋯⋯他掛掉電話時天都快亮了。我告訴自己已經做了一件大功德：也就是成功說服了一個男人與其燒炭自盡，不如去開瓦斯點個火，煮些水餃吃吃。阿康把我的話聽進去了。」（頁62-63）

從「我」把阿康女友「小鈴鐺」有意無意間誤作貓，到把這次失戀經驗說成為第十次挫折時，喜劇感亦隨之帶動。阿康受到「我」教誨啟蒙後，迅即付諸行動，搭乘臺北早班航機，飛往花蓮，進行身心康復大業：

> 「阿康一聽，早上飛機便到了，中午我們在『人情味小館』吃飯時，他胃口似乎好得可以吃下一頭獅子。咬完最後一片蔥油餅之後，他拿出紙筆做筆記。」（頁64-65）

敍述集中寫阿康抵步時腸胃迅速被攻陷的情況，以胃口之佳推證情緒受到撫平。情緒瞬間調整，食慾亦被誇大，外加「一片蔥油餅」的具體食相，輾轉經營的正是其中的歡樂氣氛。最後指向的仍是居於花蓮那種幸福、快樂。

〈看棒球〉一篇，寫「我」與友人阿芳、阿倫在家中看電視轉播棒球比賽。三人看比賽時的強烈動作反應，頓變作深具戲劇性的熱鬧畫面。作者演繹細節的能力，亦成為推動內容，吸引讀者注意的重要元素。中華隊對決日本隊負載的民族情感，更讓「我」可乘便借題發揮。「我」刻意擺出大男人姿態，製造話題及笑料。球賽先由中華隊領先，其後日本隊追平。最終，延長賽中，中華隊輸掉。隨著入球數目的起伏，三人的反應更成焦點所在：

> 「比賽開始沒多久我就要阿芳小聲一點。她太激動了，稍有一點緊張，譬如說兩好球三壞球，便渾身緊繃到發抖，而且不時還會發出嗯嗯嗯類似叫床的聲音。我毫不客氣地斥責她：『阿芳歐巴桑，關閉妳的喉嚨！再弄這種聲音，送妳到阿富汗賣早餐。』」（頁116）

> 「我咬了一口她買來的牛肉乾，然後一眼瞪回去：『天啊！國之將亡，必有妖孽。妳再吵，中華隊就完蛋了。』」（頁117）

> 「她當然理都不理我……我們小學同學裡就她（的老公）最有錢。今天承蒙她看得起，約了阿倫來看球，我算哪根蔥哩。」（頁116）

球場勝負，三言兩語便可交代。林宜澐卻以聚焦方式，從觀賽者角度入手，細緻交代三人帶著喜劇誇張的動作表情。「我」故作大男人之後，忽又變回自卑弱勢小男人，自怨自艾，情感瞬間變化。這種為張揚而張揚的表演姿態，一再說明的仍是貫徹全書的寫作風格。已屆中年而刻意倚老賣老，除以「老人版八家將」的「原地跳躍」、「仰天長嘯」等肢體動作製造喜劇感外，更成為貫串全書的重要演繹手法（頁120）。幾十年花蓮在地生活體驗，輕易為全書建立歷史厚重感。國體攸關的球賽得失，觀賽者的憂喜變化，恰成了為表演而表演的戲碼。「年老」固為撫平情緒靈藥：

> 「不過一切還好，我們三個都夠老了，老得可以一下子就忘記許多不可以忘記的事。」（頁121）

而硬銷花蓮的中心命題又順理成章悠然登場：

> 「『帶妳們家那隻拉不拉多去海邊走走吧。』我對阿芳說：『看看海除了可以治療老花眼之外，還可以讓妳忘記剛剛每一個要命的球。這就是我們住在花蓮的好處。』」（頁121）

〈看棒球〉可達致如此戲劇化場面，與主角三人的互動不無關係。同樣地，在〈東海岸減肥報告書〉一文中，人物間互動、對話除帶出肥胖話題外，更成為製造笑料源頭[11]。不讓「老人版八家將」專美，此文兩主角「我」和李維甫出場，百多公斤造就的身形，早已帶出讓人莞爾的飽滿視覺感受[12]。你言我語，互揭

瘡疤，各以肥胖取樂的互動過程，同樣恍如文字「脫口秀」：

> 「我在誠泰銀行遇見李維時，驚呼：『天啊！李維，你怎麼變這樣子？有三百公斤嗎？』他像隻熊貓那樣微笑了一下，說：『怎麼可能呢？頂多一半。』『一半也很嚇人呀。人類歷史上活成這種體重的恐怕不到一萬人哩。其中一半在日本當相撲選手，另外一半在美國開冰淇淋店，之外大概就是你了。』」（頁146）

兩人體形相若，口才亦旗鼓相當。相互嘲諷，效果惹笑，卻無傷大雅。兩胖子對話外，作者還湊興地轉引另一胖子小東東博士的言論。嚴肅學術思辨，落實在肥胖議題上，無限上綱，成了洋洋灑灑、煞有介事的「權威」話語：

> 「吃東西與排泄東西是焦慮這種情緒一體的兩面。越焦慮的人吃得越多，也拉得越多。他們在不斷循環的『進—出』模式中（也就是『回家—離家』、『親密—疏離』『新生—死亡』的二元架構）一再重複試圖降低內心焦慮的過程，卻在目的還沒達成之前，就已經因為飲食過度，而一個個都胖得不像話了。」（頁148）

論者認為林宜澐能在作品中「放下知識分子的身段」[13]。《東海岸減肥報告書》即不時故意使用貼近大眾生活的流行、通俗用語。不過，換個角度看，作者的知識分子身影，亦可說從未消退。好推論的學院思維習慣、深厚的個人哲學背景等，全書無不有跡可尋。林宜澐喜以戲仿手法，把學術理論或嚴肅議題無端降格，藉著滔滔雄辯帶出另類言說樂趣。類似以上的推論內容，不

時出現，不僅說明作者製造鬧劇、顛覆重寫的能力，也反映了對
學院理論的熟悉以及運用自如。故意而為之，體現的更是知識分
子對寫作的自覺及反思。「東海岸減肥報告書」作為文章題目，
以減輕體重為書寫內容的用心自不難推斷。體重過百公斤的胖子
角色也絕不欺場，以龐大身形「籠罩」全文。然而，減肥討論擾
攘一番後，暗度陳倉的，卻依然為花蓮美食的課題。無法遏止的
食慾，反襯出美食無盡魅力：

> 「想想看，每天一早起來想吃『一元』的煎包，中午想吃
> 『魯豫』的大滷麵片，下午想喝個下午茶，嚐些點心，宵
> 夜想吃一碗『液香』扁食……諸如此類的。更糟的是，花
> 蓮那麼小，這些美食所在之處，輕易便可到達。」（頁
> 150-151）

> 「這就是李登輝所謂『場所的悲哀』，翻成白話文就是
> 『生為花蓮人，因為愛吃，而不得不變成一個胖子的悲
> 哀。』我說。說完後覺得極好笑，一股作氣笑了三十
> 秒。」（頁151）

地方小，美食多，花蓮地理環境造就了食物輕易到口的先決條
件。「場所的悲哀」成為花蓮人無法消減過剩體重的延伸解讀。
在這種任意套用話語，拼湊戲仿過程中，「我」的笑樂自娛，遂
變成為張揚而張揚的戲劇演繹。全文收結，作者也就以「我」的
「減肥隨緣」姿態，為全書推介花蓮的主題，再補添一筆。

已屆中年的自覺，為貫串《東海岸減肥報告書》主要脈絡。
上述〈看棒球〉、〈東海岸減肥報告書〉等眾多角色，便以一把
年紀的身影佔據讀者視線。圍繞年齡製造話題或笑料，成為其中

敍述策略。〈衣服〉一文，即以年長的阿轟對花蓮少女服裝打扮的過度反應為切入點：

> 「我的朋友阿轟上回在中山路口的紅綠燈前看到一位背部全裸的年輕摩托車女騎士，驚訝得有十幾秒鐘不停地咳嗽，半句話都說不出來。我問他怎麼啦？『感冒啊？昨天晚上穿小可愛睡覺嗎？』……我當下就知道問題的癥結所在，便告訴他：『阿轟老師，你太久沒回來了，以為只有臺北在變，花蓮都不會變……臺北有股溝妹，花蓮就不能有露背妞嗎？』他聽了茅塞頓開，這才大大方方地頻頻回頭看那位摩托車女郎……終於看到脖子抽筋，足足在車上哀嚎了三分鐘，才歪著頭，一拐一拐走下車去演講。」
> （頁44-45）

全段藉著輕鬆表述，展示代溝如何反映在衣服裝扮上。「我」故意胡謅，把友人「咳嗽」亂扯上「感冒」，更加上想當然的「小可愛」。敍述者自我製作言說樂趣的用心刻意，實不容忽視。「我」的「開放」態度，誘導有方，亦迅速消解友人意識形態的盲點及年齡包袱。阿轟對年輕少女裝扮瞬間由訝異轉為欣賞，並以強烈肢體動作實踐其中變化，成為帶玩笑味道的戲劇化表演。最後似是而非地得出以下推論：花蓮不但直追臺北潮流，更是「超英趕美」，努力體現「全球化」理想。說笑姿態，化解了嚴肅話語，對「超英趕美」及「全球化」等大論述，作出若不經意的「降格」解讀。

　　〈馬拉桑峽谷馬拉松賽〉一文，同樣以中年角色為敍述對象。四十五歲主角馬拉桑成功挑戰體能極限，完成太魯閣峽谷馬拉松比賽。作者以說故事方式，鋪陳細節，發揮想像力。「自我

挑戰」的個人平實事件,遂被提升為引人入勝,可供解讀的花蓮獨有情事。作者戲仿哲學思辨的寫作習慣,同樣成為演述法門。全文構想有趣、用語幽默[14],敍述馬拉桑欲藉跑馬拉松「返老還童」,騙人騙己,把「年齡下降十八歲」,「不輸給二十幾歲的小伙子」(頁170)。馬拉桑跑畢全程剎那,自我感覺良好,認為耳下盡為喝彩「如雷掌聲」,眼前則為「美麗燦爛的煙火」(頁172)。敍述者「我」卻不忘點破,熱情的歡迎場面,只是馬拉桑昏了頭之幻想。然而,一番調侃後,「我」又以肯定語氣吹捧主角:

> 「只有比較少的人能夠像馬拉桑那樣,堅忍不拔地以身體的有限去證明精神的無限。至於能夠在鬼斧神工的太魯閣峽谷中,以奔跑的姿勢見證天人合一的境界,那更是舉世少有的難得經驗了。」(頁173)

作者對馬拉桑的表現,主要以玩笑語調敍述,一時故意低貶,一時又誇耀其功。虛實相間,貫徹其不正經八百行文作風[15]。戲仿辯證之間,推介花蓮的議題,卻同樣得到演繹表述。

《東海岸減肥報告書》不僅通過人與人的親密和諧,凸顯花蓮的可親可居,人與狗的親密關係,同樣成為描述焦點。〈人與狗〉一文,可見花蓮的狗,如何以人生活習性為藍本。人狗不殊途,帶出了同樣戲劇化的呈現方式。角色阿邦與敍述者「我」以同理心推己及狗,於是狗也有為尊嚴而不惜自斷狗命的表白舉動:

> 「阿邦的狗從二樓陽臺摔下來,他斷定那隻狗是在鬧自殺⋯⋯『好吧。那你就小心一點,不要再說一些刺激牠的

話了。』『我沒有……』阿邦臉紅脖子粗地要爭辯『我不
過罵了牠一句：你連狗都不如。』『這不就結了？牠聽了
不氣死才怪。狗都不如，難不成像貓嗎？士可殺不可辱，
難怪牠受不了。』」（頁102）

全文借題發揮，從人狗平等展開話題，無盡聯想，營造喜劇氛
圍。人有狗有，於是衣食住行，狗旅館、狗醫院、狗健身房、狗
妓院一應俱全。狗妓院更成為製造話題，綻放笑料重心。「我」
再次推己及狗，推測阿邦的狗若然知道有如此娛樂場所，大概不
會輕易自殘。敍述從阿邦的狗說起，到法國的狗，再回歸阿邦的
狗，反覆以人狗大同為討論理據。處處以狗為題，最後卻仍離不
開對花蓮的推介：

「一個像花蓮這樣的地方，總要有一些無所事事的狗、不
知民間疾苦的狗、打扮得漂漂亮亮的狗、雖然在流浪卻總
也有東西吃的狗、童心未泯的狗、傻呼呼的狗、從來不咬
人的狗，甚至是愛唱歌的狗。有了狗，一個城市就很像城
市了。」（頁106）

作者以主觀想像，把狗一一分類，人格化之餘，更視為小城特有
「產物」。只有花蓮才能提供這種讓狗活得消遙自在、舒適寫
意的空間環境。人與狗，狗與人，人與地方，地方與人，重重疊
疊，相互共存，難以釐分，同樣指向和諧自足的理想之境。

　　論者有稱林宜澐為「最後的鄉土之子」[16]。鄉土作家的歸
類，反映評者對林宜澐作品以鄉土為創作內容的看法。《東海岸
減肥報告書》固不乏怡人環境、人情味濃等一貫鄉土情懷書寫，
但更值得注意是作者如何以主觀視野，打造花蓮溫暖可親的商業

形象。有異於一般鄉土作家對商業的控訴，林宜澐以張揚表演姿態，說明商業與小城如何美妙交融，共生共存。在改變觀察視角的寫作彈性下，商業反而成為促銷花蓮的賣點。現代消費模式下產生的廣告，不再被視為與小城格格不入的商業運作。所謂庸俗的商業廣告，一下子躍升為讓人倍感溫暖的媒體：

> 「布希亞說，廣告讓我們覺得幸福，大概是這個意思。德不孤，必有鄰，廣告說：感冒了，打噴嚏了，快去買康德六百。胃痛了，就吃張國周強胃散。買賣房子，請找信義房屋。想去巴黎喝咖啡，不妨搭長榮航空會講臺語的飛機。無聊的話，大夥兒相招來去好樂迪唱歌。肚子餓了吃麥當勞。渴了就喝古道烏龍茶吧。」（頁34）

林宜澐把當地人熟悉的時下廣告宣傳，以過時老套叫賣方式呈現，直扣讀者硬銷的陳舊記憶之餘，引發的亦是戲仿昔日沿街叫賣商品的市井江湖味。新舊並陳，互為發揮，盡現作者刻意擺出的後現代風格。引用讓・布希亞（Jean Baudrillard）這一游離後現代作家對廣告的說法、對中國傳統套語的任意引申解讀，也同樣說明這方面的用心。在努力搬演下，商業帶來幸福的概念，便通過花蓮這一小城體現出來。作者的後設視野，花蓮的可塑性，互為影響，締造了馳騁想像的開放空間。溫暖快樂的花蓮形象，也就一再得到形塑：

> 「許多不同的事情被不同的人思索、討論，小城因此有了光和熱，像一個快樂的人。而這其中有大半的活動跟商業相關。有溫暖的商業才有溫暖的花蓮。」（頁35）

　　從以上討論可見，作者在塑造花蓮過程中如何運用想像力，超越臨摹寫實的限制。後現代的開放性，同為這種表述提供了理念支援平臺。作者在篇首序言即曾交代：

> 「從這角度看，花蓮的後山生活要怎麼過就有無窮的可能性了。在地而有異國想像，小小的世界恰好是個大大的宇宙。只要你喜歡，怎麼拼湊都可以……真是快樂的我的後現代的後山花蓮！」（頁10-11）

　　如此來看，〈採買家樂福〉一文內容，正好印證了「在地而有異國想像」的境界。在敍述者「我」恍如推銷員口吻推介下，花蓮一間法式超市，成為帶動想像力，讓人神遊法國的媒介。從此岸到彼岸，不但巴斯克烤雞、庇里牛斯山、波爾多酒區等紛紛通過想像來到眼前，情色擬想更使人難以自持：

> 「少婦將在黃昏時刻到達，她長裙飄逸，肩披薄紗，迎面而來的肥嫩笑容讓你想一口咬下……」（頁98-99）

從本土超市出發，思接千里，猶如身歷法蘭西各種情事，敍述詳盡，巨細無遺。最後想像又戛然而止，瞬間由彼岸回歸此岸，把讀者帶回現實環境：

> 「就這樣，只因為你站在一個『法屬』的世界連鎖大賣場中，就臉不紅氣不喘地遊歷了一趟其實干你屁事的法國。」（頁97）

花蓮的本土位置、地域限制、文化差異，從來沒被忽視。虛實相

間、想像與現實並陳,切實成了作者的在地書寫體驗。約翰‧里希特(Johann Paul Friedrich Richter)對想像力推崇備至,認為想像力能使片段事物變得完整,世界亦從而顯得更完滿。〈採買家樂福〉及《東海岸減肥報告書》其他各篇,林宜澐以花蓮為表演舞臺,而想像則使這一舞臺世界變得更完滿美好[17]。

## 三、結語 ── 自覺的書寫

香港作家董啟章曾藉著書寫香港的經驗,表達對小說文類的期許。他指出如何經由小說打造香港。換言之,小說並非只是被動地作為題材載體。小說介乎虛幻與真實的特質,使其非為「單純的反映或模仿」,而是能「逆反、改造和創新」,是對真實世界的回應[18]。這種對「我城」的寫作期許,可說同樣適用於《東海岸減肥報告書》。全書超越慣性文類限制,透過真實與虛幻,形塑作者心目中的理想小城花蓮。有異於一般紀實作品,作者以戲劇化表演方式,呈現花蓮在地經驗,以獨特文學魅力,召喚讀者。夢、故事、生活完美糅合,固是作者自覺追求的境界,後現代思維模式,同時提供了無限想像可能:

> 「在這裡,夢、故事、生活三位一體。什麼都分不清楚,因此,也就什麼都擁有了……」(頁20)

> 「一旦『後現代』起來,那凡事就沒個準了……從這個角度看,花蓮的後山生活要怎麼過就有無窮的可能性了。在地而有異國想像,小小的世界恰好是個大大的宇宙。只要你喜歡,怎麼拼湊都可以。」(頁9-10)

林宜澐以故事方式，重組他心目中的花蓮。各種戲劇性誇張、表演姿態，同成了書寫策略。日常生活種種，在「我」和一干角色戮力演出下，也以熱鬧張揚形態呈現。在作者的獨特視角及敍述下，這些角色均深具舞臺表演特色。圍繞這些善於在日常生活中表演的演出者，便構成一個接一個以花蓮為軸心的故事。林宜澐故意把簡單複雜化，不斷挖掘及延伸，趣味化地演繹尋常情事。

　　從以上各篇分析可見，作者如何自得其樂地遊走作品之中。無論是套用時語熟語、戲仿嚴肅議題或學術理論、把人物行為戲劇化，表述均顯得張揚熱鬧。要補充的是，這種樂在其中的創作方式，同樣可見於其屢以括號標示文字，延伸話題的手法。林宜澐在作品中喜用括號的習慣早為論者指出，也曾引來「氾濫」的批評[19]。一般來說，藉著括號所包含文字內容，另闢或引申討論，擴闊寫作空間，自可視為作家表達技巧的不同嘗試，而像林宜澐那麼鍾情這一表述形式的，卻並不常見。《東海岸減肥報告書》中，括號使用，便為數不少。不過，相對於其小說來看，這本散文集以括號區劃的寫作空間，卻較易為人接受。在林宜澐小說中，括號文字運用，固可從文學疏離效果予以合理化，惟過多插入，難免突兀。滔滔不絕，有時更有作者逞能之嫌。然而，《東海岸減肥報告書》本身為散文體裁，原就較容許作者流露自我，何況作者一開始就擺出強烈自我表演姿態，因此括號所含內容反更能提供發揮機會。在這種刻意劃分及建設的表述空間裡，作者一再發揮想像力，「偉論」滔滔，或延伸原有內容，或另闢抗衡言論，引發更多話題：

> 「後來我知道那其實不是嘟著嘴巴，他因為臉上贅肉橫生，使得他講的每一句話，都讓人覺得是氣呼呼嘟著嘴巴講。」（頁150）

> 「說到『午後』會想到誰……？德布西？馬拉梅？」
> （頁42）

> 「咦？北野武的《奏鳴曲》裡，不是也有一個壞蛋叫高
> 橋？」（頁118）

> 「又咦了！」（頁119）

正文與括號文字，兩個寫作空間平衡並置，互為發揮，抒發情
感，或自我調笑，或笑謔別人，最終演繹的仍是一種過足癮頭的
言說樂趣。當然，作者愛在作品中「喋喋不休」[20]，製造話題，
積極表演，調動想像的傾向，即使不用括號另闢空間，也同樣可
於正文揮灑自如。像以下敍述，文中便屢屢出現：

> 「光陰似箭，歲月如梭，這隻可愛的小狗轉眼間變成一隻
> 大狗。吃得多，拉得也多，讓人懷疑牠的學名是不是叫做
> 『拉不拉多・拉多拉多』。狗吃多拉多，主人要做的事就
> 越來越多。」（頁103）

古典套語被故意挪用以說明狗隻日漸長大，本身就帶有玩笑味
道。一連串順口溜似的話語，炮製笑料之餘，更見證作者遊走其
中，自我享受的書寫樂趣，而一切最終回到的，仍是作者創作時
的強烈自覺。

## ◆注釋

1　a. 鄭明娳：《現代散文類型論》（臺北：大安出版社，1988），頁24-25。
　　b. 鄭明娳：《現代散文構成論》（臺北：大安出版社，1989），頁2。
2　魏婉純：〈訪談林宜澐紀錄〉，《林宜澐短篇小說研究》（彰化：國立彰化師範大學臺灣文學研究所碩士論文，2008），頁166。
3　林宜澐小說舉列：
　　a.《人人愛讀喜劇》（臺北：遠流出版公司，1990），頁1-208。
　　b.《藍色玫瑰》（臺北：麥田出版公司，1993），頁1-200。
　　c.《惡魚》（臺北：麥田出版公司，1997），頁1-192。
　　d.《耳朵游泳》（臺北：二魚文化事業公司，2002），頁1-198。
　　e.《晾著》（臺北：二魚文化事業公司，2010），頁1-256。
　　f.《海嘯》（臺北：二魚文化事業公司，2013），頁1-237。
　　g.《河岸花園了》（臺北：九歌出版社，2014），頁1-219。
　　林宜澐散文舉列：
　　h.《夏日鋼琴》（臺北：麥田出版公司，1998），頁1-196。
　　i.《東海岸減肥報告書》（臺北：大塊文化出版公司，2005），頁1-270。
　　林宜澐哲學專論舉列：
　　j.《哲學與人生》（新北：揚智文化，2011），頁1-186。
4　林宜澐：《東海岸減肥報告書》（臺北：大塊文化出版公司，2005），頁1-269。
5　《東海岸減肥報告書》各文均以敘述者「我」的花蓮生活為書寫內容。林宜澐曾這樣表示：「我不覺得我的小說跟花蓮有一種很必然的關係……。我一些思維、感受、個性有關，和花蓮沒有太大必然的關係，雖然有一些場景會出現花蓮，但本質上沒有太大的關係。我把這個故事換成在彰化，不是在花蓮照樣可以發生，哪個城市都一樣。要說跟花蓮這個空間有關係的，大概就是《東海岸減肥報告書》，《夏日鋼琴》也是有一點。」
　　魏婉純：〈訪談林宜澐紀錄〉，《林宜澐短篇小說研究》（彰化：國立彰化師範大學臺灣文學研究所碩士論文，2008），頁165。
6　亞倫・普雷德（Allan Pred）認為新人文主義地理學者把地方（place）視為主體的客體。對個人來說，地方是意圖或感覺價值導向的中心。它是情緒及感情黏附所在，讓人感到充滿意義。在《東海岸減肥報告書》中，花蓮這一地方，也可說是經由這樣的關係呈現。個人主觀體會，成為其中重要元素，而作者的書寫本身，更加起了主導作用。
　　Allan Pred, "Structuration and Place: On the Becoming of Sense of Place and Structure of Feeling," *Journal for the Theory of Social Behavior* 13.1 (1983): 49.
7　Erving Goffman, *The Presentation of Self in Everyday Life* (New York: Overlook, 1973) 30-34.
8　詹竹莘：《表演技術與表演教程》（臺北：書林出版公司，1997），頁19-20。
9　余秋雨：《觀眾心理學》（臺北：天下遠見出版公司，2006），頁117。
10　a. 詹竹莘：《表演技術與表演教程》（臺北：書林出版公司，1997），頁20。
　　b. 濮波：〈再談戲劇性的當代嬗變和界定困境〉，《四川戲劇》第134期（2010年第2期），頁19。
11　斯坦尼斯拉夫斯基指出，舞臺上演員與演員直接交流，並藉此與觀眾間接交流。《東海岸減肥報告書》一書的角色互動，也有這種直接交流的戲劇效果，因而也能引發讀者的反應，作出間接交流。
　　斯坦尼斯拉夫斯基：《演員自我修養》上卷（北京：中國電影出版社，1959），頁323-325。
12　一般來說，喜劇較著重人物語言或形象上的矛盾。
　　李立亨：《Theatre——我的看戲隨身書》（臺北：天下遠見出版公司，2000），頁49。
13　郝譽翔曾指出林宜澐放下「知識分子的身段，……探尋下層社會無拘無束的自由以及

生生不息的韌性」。

郝譽翔：〈怪誕嘉年華──林宜澐小說中的喜劇世界〉，《第一屆花蓮文學研討會論文集》（蘆葦地帶文化工作室編，花蓮：花蓮縣立文化中心，1998），頁241。

14 廖咸浩曾指出，林宜澐的黑色喜劇色彩，少有人能匹敵。其實在散文中，沒有了小說那種隔岸觀火的疏離及不關己事的淡漠，時而矛頭直向自己，作者的黑色幽默甚至可以發揮得更為徹底。

廖咸浩：〈最後的鄉土之子〉，《耳朵游泳》（林宜澐著，臺北：二魚文化事業公司，2002），頁7。

15 林宜澐曾表示不喜歡嚴肅，於是以喜鬧劇作出顛覆。他認為正經八百是變態，異常虛假。在〈化粧〉這篇小說中，林宜澐這樣寫道：「這社會本來就到處是鬧劇，你、我、他、你們、我們、他們，大家隨時都可以是主角哩！」

a. 魏婉純：〈訪談林宜澐紀錄〉，《林宜澐短篇小說研究》（彰化：國立彰化師範大學臺灣文學研究所碩士論文，2008），頁169。

b. 林宜澐：〈化粧〉，《人人愛讀喜劇》（臺北：遠流出版公司，1990，頁160。

16 廖咸浩：〈最後的鄉土之子〉，《耳朵游泳》（林宜澐著，臺北：二魚文化事業公司，2002），頁5-14。

17 a. Johann Paul Friedrich Richter, *Horn of Oberon: Jean Paul Richter's School for Aesthetics*, trans. Margaret R. Hale (Detroit: Wayne State UP, 1973) 28-29.

b. 亞歷克斯‧奧斯本（Alex Faickney Osborn）亦有以想像締造美好生活的說法。
Alex F. Osborn, *Applied Imagination: Principles and Procedures of Creative Problem-Solving* (New York: Charles Scribner's Sons, 1979) 386-399.

18 董啟章：〈從天工到開物──一座城市的建成〉，第八屆香港文學節研討會，2010年7月4日。

19 黎乃宏：《突圍、質疑與距離──林宜澐的小說世界》（臺南：國立成功大學臺灣文學研究所碩士論文，2009），頁71。

20 林宜澐對自己這種寫作風格非常自覺。在後跋中，他即不忘申明：「一口氣寫完這本書，我是不是也跟阿丁一樣地喋喋不休呢？」

林宜澐：《東海岸減肥報告書》（臺北：大塊文化出版公司，2005），頁268。

* 全文2020年5月完成修訂，原刊於《華文文學》2013年第1期。

# 04　胖子的花蓮故事
## —— 林宜澐〈東海岸減肥報告書〉解讀

┤ 摘要 ├

　　林宜澐《東海岸減肥報告書》一書，以作者自身成長的花蓮為創作對象。全書共收錄多篇以日常生活為題的散文。其中〈東海岸減肥報告書〉一篇，更以兩胖子的對話展開故事，天馬行空，不斷引申推論。作者如何通過角色的肥胖外形及相互調笑，製造喜劇氛圍，為本文研析重點。至於散文的戲劇性表現風格，亦為討論範疇。最後，論文要帶出的是，作者如何通過想像，建構及書寫他心目中的花蓮故事。

## 一、花蓮故事，從肥胖出發

《東海岸減肥報告書》[1]散文集連序跋在內，共收錄林宜澐四十四篇以花蓮生活為題的單篇散文。其中〈東海岸減肥報告書〉[2]一文標題，更成為全書書題。封面書頁亦以一胖子坐落長堤為插圖。作者對此文重視或不難推斷。全文內容，並不複雜，主角為兩中年胖子，二人的對話為敍述重心所在。話題從各自肥胖身形開展，或取笑別人，或消遣自己，胡謅砌詞，理論滔滔，帶出的仍是讓人垂涎的花蓮美食。文中隱含的，自亦是貫串全書那種花蓮宜居的思維概念。

## 二、刻意打造的喜鬧劇氛圍

〈東海岸減肥報告書〉喜劇氛圍濃烈。一般來說，喜劇往往會從劇中人物語言或形象矛盾入手[3]。此文兩中年男主角，過百公斤龐大身形，本就易於帶出令人莞爾的飽滿視覺效果。兩胖子伶牙俐齒，針鋒相對，互相調笑，引出話題之餘，更帶來笑謔意味。文中開首，二人相遇，即有言語交鋒：

> 「我在誠泰銀行遇見李維時，驚呼：『天啊！李維，你怎麼變這樣子？有三百公斤嗎？』他像隻熊貓那樣微笑了一下，說：『怎麼可能呢？頂多一半。』『一半也很嚇人呀。人類歷史上活成這種體重的恐怕不到一萬人哩。其中一半在日本當相撲選手，另外一半在美國開冰淇淋店，之外大概就是你了。』他很有風度地皺著小小的眉頭說：『你也不差啊，同學。我之外大概就是你了。』」（頁

146-147）

口舌不相讓之外，對胖子數目分布及分析的煞有介事，更是敘述著力所在。貌似嚴謹的推理，正是作者致力的戲仿手法。林宜澐小說的後現代寫作手法，已早為論者指出[4]。尤為值得注意，是林宜澐的刻意賣弄。在此地無銀故意而為下，後現代筆法得以實踐之餘，又得到另一層意義轉化。書前自序中，作者即把本來意境高雅的古典詩文硬湊成：

「落花與牛車輪齊飛，吊燈共馬桶一色」[5]

再加上「內衣可以外穿」[6]等語句，所謂胡亂拼湊的後現代精神，就受到打趣調笑。在〈東海岸減肥報告書〉中，作者亦樂此不疲地拼湊，戲仿嚴謹的學術理論。除上述兩胖子主角外，文中也藉「我」之轉述，湊興地加入另一胖子學人小東東博士的言論。三個胖子，以肢體填塞畫面空間，刺激讀者想像之餘，更以你來我往的語言交鋒帶來喜劇歡愉。

　　論者研析林宜澐創作時，不會無視其學術背景[7]。哲學碩士的學院訓練，加上故意小題大做，林宜澐輕而易舉便為角色製造肥胖相關學術言論。小東東博士對臺灣社會的肥胖現象，是以集體焦慮及美國帝國主義文化侵略加以解釋。作者洋洋灑灑，一派正經地模仿學術嚴謹推論，以二元對立架構，展開角色「吃與拉」、「進與出」等宏論。權威學術思維概念，給挪用作分析無關痛癢瑣事，推論貌似嚴正背後，一路解構的正是其中的荒謬乖異。林宜澐曾表示不愛嚴肅，於是以喜鬧劇加以顛覆。他認為「正經八百」是「變態」，異常虛假[8]。他的小說創作，便最能體現這一特色[9]。從內容來看，相比起小說，散文因受現實情景

羈絆，往往較難製造喜鬧氛圍。〈東海岸減肥報告書〉一文，卻
無礙作者這方面發揮。更可注意，是角色看似一臉認真推論，卻
又不斷推翻：

> 「因此，綜合以上兩點，小東東博士擔心臺灣未來會全面
> 性地出現一種依美（也就是依賴美國，比親美還糟）的憂
> 鬱肥仔人種。這種人沒事在社會的各個角落晃來晃去，恐
> 怕會讓臺灣更快地向下沉淪。這是迄今為止，對於胖子問
> 題最具宏觀視野的觀察。由體重同樣破百的小東東博士提
> 出，顯得特別客觀公正。『你聽他在放屁。』一星期之
> 後，李維約我喝咖啡，他像罵四人幫那樣罵小東東……
> 『相煎何太急嘛！他自己還不是胖成那樣子。』李維講話
> 時下巴微微顫抖，大胖子生氣時說話都這個樣子嗎？我開
> 始擔心再過幾年自己也變那樣，這顯然不怎麼好玩。」
> （頁149-150）

時而說是宏觀視野，時而說是放屁，興之所至，收放隨便。在所
謂嚴肅理論討論過程中，話題則不時岔開，把焦點放在角色肥胖
身形上。這種形上形下故意亂扯，或隨意流轉，正是製造喜劇感
的手法。林宜澐創作時愛用括號，製造話題，架設笑位的方式，
同樣可見對文本內容的刻意干預[10]。醉翁之意，理論實質內容並
非根本命意所在。作者著重的是演繹過程中的快感，一種對嚴肅
學術立場戲仿，解構的自覺書寫。作者這種自覺書寫態度，其實
正見於角色故意擺出的一臉得意、自我陶醉姿態：

> 「這就是李登輝所謂『場所的悲哀』，翻成白話文就是
> 『生為花蓮人，因為愛吃，而不得不變成一個胖子的悲

哀。』……說完後覺得極好笑，一鼓作氣笑了三十秒。」
（頁151）

角色在胡謅一番後，自覺好笑，先不理會別人反應，也不管效果
如何，便一個勁地搶先笑出來。情況恍如不時播放罐頭笑聲的喜
劇模式。內容真實與否並非關鍵，最終指向的更是作者以笑為笑
的刻意創作姿態。

## 三、登場表演

　　早已有論者指出林宜澐作品的表演風格[11]。林宜澐則大方承
認自身性格中的表演特質[12]。歐文・戈夫曼（Erving Goffman）
曾指出人們如何在日常生活中演出。大家就如演員般，在生活舞
臺上表演。他以內、外兩科醫護人員的分別為例，指出後者如何
較前者更能以表演形式在人前表達工作內容。他認為外科醫生及
音樂演奏家等，較易於人前戲劇化地表演[13]。花蓮這一被「不懷
好意」地稱作後山的偏遠角落，其人其事，散淡瑣碎，似乎也難
如大城市般，五光十色地張揚演出。然而，被譽為魔術師的林宜
澐[14]，擅作舞臺演出，自不在話下。彈指之間，後山頓成耀目前
臺。原本可顯恬淡的花蓮人事風景，在《東海岸減肥報告書》全
書中，得到戲劇化表述，而於〈東海岸減肥報告書〉一文中，三
個胖子戮力演出，也以戲劇化表演，演繹其花蓮故事。

　　正如前所提及，「斤兩十足」的角色早已飽滿地填塞視覺畫
面，釀就諧趣戲劇氛圍。角色互動，言語過招，唱和調侃之間，
更猶如另類相聲。表演者投入，讀者也易受感染。小東東博士的
命名，也可見作者致力把人物卡通趣味化的用心。人物說話、表
情、動作誇張，固為全文富喜劇感之緣由，敍述者無限上綱，縱

情想像，延伸話題，更是其中關鍵。試看以下一段：

> 「他充滿睿智的雙眼將全場（就我一個人）橫掃了一遍，
> 接著說：『除非我們能以宗教的情懷面對我們的困境，下
> 定決心，徹底拋棄一切世俗的榮華富貴，遁入空門，發誓
> 有生之年絕對不再去想肯德基、麥當勞、明禮路的泡芙、
> 市公所前的蔥油餅、橋頭肉圓、我媽的炒米粉……』李維
> 說到這裡聲音已經有點哽咽了……『除非我們出家當和
> 尚，否則減肥根本就是不可能的啊！』說完兩眼緊閉，雙
> 唇一抿，一副乍聞中美斷交而不禁悲從中來的模樣。」
> （頁152-153）

從和尚說到美食，以至中美斷交，天馬行空，敘述者過足表演癮頭之餘，讀者也易受其中戲劇氛圍感染，進而自我調整思緒，接納可能與現實不符的情節。情況正恰如阿‧波波夫對劇場觀眾的感受理解。阿‧波波夫認為觀眾總會創造性地輕信，傾倒於舞臺藝術魅力，認同臺上表演情節[15]。在這樣的戲劇藝術表演氛圍下，花蓮的蔥油餅、橋頭肉圓如何美味，如何讓人只能以遁入空門來禁絕口慾，已不是讀者唯一關注焦點。讀者沉湎享受的，是好戲連場的表演。在絕無冷場的演出過程中，作者已經不覺完成對花蓮的書寫。

## 四、書寫花蓮

香港作家潘國靈以城市學為題的系列作品，顯示對出生及成長地的強烈情感認同。這種「我城」書寫，是不少作家常見的寫作方向。值得思考的更是，潘國靈如何把焦點放在書寫行為上。

他認為沒有寫作，自己便不會對所居城市如此關心。對他來說，文字本身即生存力量，而非僅為表達工具[16]。同樣地，林宜澐對生於斯、長於斯的花蓮，其書寫經驗，亦可以相同角度省視。

　　〈東海岸減肥報告書〉一文及其他收於《東海岸減肥報告書》結集的散篇，突出處非為對花蓮人情物事如實臨摹，而是作者如何運用想像力，創造情景，並戲劇化地置於讀者眼前。他以寫作創造花蓮，文字並非只是載體，書寫本身才是構建作者視野下花蓮主體所在。如此大前提下，所謂花蓮的客觀真實，已非重要。讀者展讀此書時，若只像追閱旅遊美食指南般，按圖索驥，定點追蹤，難免會墮入緣木求魚的迷陣。創作過程中，遊走於虛構與現實之間，自得其樂，才是作者的花蓮在地經驗。這種書寫樂趣，正是作者一直強調的面向[17]。作者書寫花蓮體現的是夢與現實難以釐清，迷濛卻又渾然富足的境界：

　　　　「在這裡，夢、故事、生活三位一體。什麼都分不清楚，
　　　　因此，也就什麼都擁有了……」（頁20）

林宜澐曾表示散文容易流露自我，寫小說才感到比較自在，小說隱藏了作者，可以寫得更放[18]。身體力行，林宜澐小說產量確遠比散文為多[19]。然而，不妨留意的是，林宜澐在散文無法迴避坦露自我之餘，卻採取了較為開放的寫作手法。他並非亦步亦趨地緊扣現實，而是利用想像及戲劇手法，把個人居於花蓮的生活體驗表達出來。夢、故事、生活糅合無間，固是他追求的花蓮特色，亦是他散文經營的創作境界。

# ◆ 注釋

1　林宜澐：《東海岸減肥報告書》（臺北：大塊文化出版公司，2005），頁1-270。

2　林宜澐：〈東海岸減肥報告書〉，《東海岸減肥報告書》（臺北：大塊文化出版公司，2005），頁146-153。

3　李立亨：《Theatre——我的看戲隨身書》（臺北：天下遠見出版公司，2000），頁49。

4　沈乃慧：〈歷史與花蓮的後現代想像——評析林宜澐小說〉，http://www.wretch.cc/blog/nhshen/3768183，2010年11月14日。

5　a. 林宜澐：〈自序〉，《東海岸減肥報告書》（臺北：大塊文化出版公司，2005），頁10。
　　b. 王勃〈秋日登洪府滕王閣餞別序〉其中兩句為：「落霞與孤鶩齊飛，秋水共長天一色。」
　　王勃著，蔣清翊注：《王子安集注》（上海：上海古籍出版社，1995），頁231。

6　林宜澐：〈自序〉，《東海岸減肥報告書》（臺北：大塊文化出版公司，2005），頁10。

7　楊照：〈魔法師的生活哲學——序林宜澐小說集《惡魚》〉，《惡魚》（林宜澐著，臺北：麥田出版公司，1997），頁3。

8　魏婉純：〈訪談林宜澐紀錄〉，《林宜澐短篇小說研究》（彰化：國立彰化師範大學臺灣文學研究所碩士論文，2008），頁169。

9　〈蹲育等待地震〉、〈惡魚〉、〈抓鬼大隊〉等作品均是這方面的具體例子。
　　論者亦曾指出林宜澐小說這一特色，如黎俊宏便以「喜鬧劇手法」說明林宜澐小說的風格。
　　黎俊宏：《突圍、質疑與距離——林宜澐的小說世界》（臺南：國立成功大學臺灣文學研究所碩士論文，2009），頁71-74。

10　黎俊宏在其論文中特闢「括號的空間」一節，評析林宜澐小說以括號插話的特色。
　　黎俊宏：《突圍、質疑與距離——林宜澐的小說世界》（臺南：國立成功大學臺灣文學研究所碩士論文，2009），頁71-74。

11　a. 楊照：〈魔法師的生活哲學——序林宜澐小說集《惡魚》〉，《惡魚》（林宜澐著，臺北：麥田出版公司，1997），頁3-9。
　　b. 劉維瑛：〈我變我變我變變變——試探林宜澐的小說表演〉，《臺灣當代小說論評》（吳達芸編，高雄：春暉出版社，1999），頁107-127。

12　魏婉純：〈訪談林宜澐紀錄〉，《林宜澐短篇小說研究》（彰化：國立彰化師範大學臺灣文學研究所碩士論文，2008），頁166-167。

13　Erving Goffman, *The Presentation of Self in Everyday Life* (New York: Overlook, 1973) 30-34.

14　a. 楊照：〈魔法師的生活哲學——序林宜澐小說集《惡魚》〉，《惡魚》（林宜澐著，臺北：麥田出版公司，1997），頁3-9。
　　b. 劉維瑛：〈我變我變我變變變——試探林宜澐的小說表演〉，《臺灣當代小說論評》（吳達芸編，高雄：春暉出版社，1999），頁107-127。

15　a. 阿·波波夫著指出：「觀眾對臺上的戲是非常輕信的，他們興高采烈地自願成為戲劇的藝術魔力的俘虜。」
　　阿·波波夫著，張守慎譯：《論演出的藝術完整性》（北京：中國戲劇出版社，1982），頁279-280。
　　b. 詹竹莘也有相類的看法：「觀眾在劇場裡，是善於調整自己來接受時間和空間的急遽變化的……人驢相戀的情節等。這些與現實不符的假定性（conditionality）情節，卻在扣人心絃的表演中，完全被觀眾接納。」
　　詹竹莘：《表演技術與表演教程》（臺北：書林出版公司，1997），頁17。

16　潘國靈：《城市學——香港文化筆記》（上海：世紀出版公司，2008），頁2。

17　林宜澐對寫作緣由這樣表示：「基本上，還是回到『快樂』這二個字。你這樣寫你很

快樂，因此你寫。」
賴秀美：〈花蓮作家看花蓮文學〉，《東海岸評論》第131期（1999年6月），頁60。

[18] a. 魏婉純：〈訪談林宜澐紀錄〉，《林宜澐短篇小說研究》（彰化：國立彰化師範大學臺灣文學研究所碩士論文，2008），頁166。
鄭明娳曾以小說、詩歌與散文作比較，指出散文如何以「有我」為張本及具有的個人化色彩。
b. 鄭明娳：《現代散文類型論》（臺北：大安出版社），1988，頁24-25。
c. 鄭明娳：《現代散文構成論》（臺北：大安出版社），1989，頁2。

[19] 林宜澐小說舉隅：
a. 《人人愛讀喜劇》（臺北：遠流出版公司，1990），頁1-208。
b. 《藍色玫瑰》（臺北：麥田出版公司，1993），頁1-200。
c. 《惡魚》（臺北：麥田出版公司，1997），頁1-192。
d. 《耳朵游泳》（臺北：二魚文化事業公司，2002），頁1-198。
e. 《晾著》（臺北：二魚文化事業公司，2010），頁1-256。
f. 《海嘯》（臺北：二魚文化事業公司，2013），頁1-237。
g. 《河岸花園了》（臺北：九歌出版社，2014），頁1-219。
林宜澐散文舉隅：
h. 《夏日鋼琴》（臺北：麥田出版公司，1998），頁1-196。
i. 《東海岸減肥報告書》（臺北：大塊文化出版公司，2005），頁1-270。

[*] 全文2020年5月完成修訂，原刊於《世界華文文學論壇》2011年第3期。

# 05　女性的自述

## ──劉梓潔〈親愛的小孩〉的情事

┫ 摘要 ┣

　　本文研析劉梓潔短篇小說〈親愛的小孩〉。論文首先從命名說起，指出〈親愛的小孩〉在重用別人文題下，再從女性觀照角度，翻出新的意義。全文以女性的自憐、男性的無情為主要剖析方向。小說如何以想像小孩作為女主角的寄望，而女主角又如何透過自述，表達切身經驗，反思與男性關係等等，均為論文涉及範疇。最後，論文帶出的是，女性在不確定兩性關係上，如何藉著與想像小孩對話的「協作」方式，找到內心的自由。

## 一、挪用與變奏──「親愛的小孩」題目緣起

2011年，賴冠樺小品文〈親愛的小孩〉獲得林榮三文學獎[1]。2012年，劉梓潔於《短篇小說》創刊號發表同名為〈親愛的小孩〉的短篇小說[2]。劉梓潔前作〈父後七日〉2006年曾獲林榮三文學獎散文組首獎。由此推想，劉梓潔或不無機會得悉賴冠樺得獎作品。從題材來說，賴冠樺〈親愛的小孩〉寫一都會女性，於助養非洲饑童過程中得到自我救贖力量，而劉梓潔〈親愛的小孩〉則透過小孩及諸般情事，反思現代女性處境。兩者同以「親愛的小孩」為聆聽對象，闡述「我」的經歷及心路歷程。劉文重用賴文標題，翻用小孩救贖主題之餘，同時強調成年男女關係的虛妄隨便。劉梓潔作品中，作家的女性身分、女性的視野觸角，向為重要元素。第一本結集出版的《父後七日》[3]如是，其後的《此時此地》[4]亦然。當日讓評審「驚豔」[5]，交口讚譽的〈父後七日〉，便以時下都會女性體會、女兒細膩感受，鋪寫父親形象。在這篇〈親愛的小孩〉中，劉梓潔同樣沒有放棄女性的觀照角度。這次更見女性以絮絮不休，宛如獨白方式，層層推進，反思自身處境之餘，亦冷靜暴露男性的自私與無情。

## 二、心靈的虛空──爆米花的象徵意義

劉梓潔〈親愛的小孩〉以五節組成，每節附有小標題，分別為：爆米花、性生活、一句話、勸生堂、小男孩。五節環環相扣，由一節帶出另一節，步步前推。第一節的爆米花為小說重要意象，領起全文。一般來說，爆米花為大眾視作幸福或滿足的象徵。它不僅是小孩滋味零食，更因戲院小店總有售賣，也成為成

人常備小吃。在這篇小說裡,爆米花卻變成「如空氣的小雲朵」(頁25)的空洞能指,未能滿足口腹慾望之餘,也沒有充實人心所需。其本身鬆泡、非固實的物質狀態,外射為人心靈的虛空狀態。女性年過四十,仍沒小孩的遺憾,心理上的不安,與路人沿途撿拾爆米花的無奈及不踏實,情境並置,產生互為指涉效果:

> 「抽煙喝紅酒交男朋友浪跡天涯像一盒隨時都可能被撞翻的爆米花,滿地狼藉與悲涼隨時一觸即發……如果沒有小孩,我只會蹲在地上一直撿一直撿爆米花而已。」
> (頁25)

爆米花的不實在,折射到性生活上,也同樣說明女主角「我」的虛空無望。

## 三、男性的淚,女主角的性事

　　〈親愛的小孩〉第二節以女主角性事為題,分別帶出與女主角交往的三個男性。三人在篇中未見姓名,而只以英文字母H、L、N代表。對於女主角來說,這三位男士在其生命中恰如過客,僅以英文字母代表其人,正好表達心理上對他們的貶抑。故事中首先出場為N,接著H,最後L,與英文字母一貫排序並不相同。這樣的安排設計,未嘗不可看作為女主角故意顛倒次序,以暗示自己與這些男性關係混亂不清。

　　在敘述與H、L、N的關係時,女主角著重暴露男主角的負心無情。女主角的善解人意,只能落實在扮演男性期望女性的社會行為上。女性藉撒嬌,扮無知,攫取男性歡心。過程當中,女性卻更意識到男性的自私與造作。在女主角的觀照及敘述下,這

三名不同種族男士，與女主角相識交往細節雖不盡相同，卻均終捨她而去。雲雨纏綿，只是見證男性的肉慾放縱。諷刺的是，即使交好當下，男主角往往仍能冷靜抽身而去，不會為自身惹上麻煩。女主角即不忘透露H斷交宣言的虛偽作態和對女方造成的傷痛：

> 「兩天後收到他的信：你是個好女孩，應該去尋找真正屬於你的幸福。明明是屁話，我卻對著電腦螢幕哭了一整個早上。」（頁27-28）

其實，女主角在車上與H發生性關係過程中，早已覺察到對方的隨便與草率。從男方的熟練在行，女主角更清楚意識到自身猶如應召女郎的不堪處境：

> 「我只想著，天哪他是車震的老手。我沒感到任何刺激，只覺得輕率潦草，並冒出許多諸如科技園區高級主管下班回家前在廠區後山叫應召妹來車上幹砲的幻想」（頁26-27）

與L這外國人交往，女主角更如此敘寫二人快速即食的床上關係：

> 「上計程車、到老外在臺北短期租居的飯店式套房、脫衣、做、淋浴、穿衣，一起下樓，到第一個路口，兩人成九十度各自前進，真的拜拜，不過一個小時的事。進他家時已是傍晚，出來時，天也未暗。那個做，真的太短了。背後，正面，射，像速食店的出菜工序。沒有親吻，沒有

擁抱。身體保持著一個點接觸。」（頁28）

劉梓潔駕馭語言的能力，《父後七日》早已得見。故意使用長句，卻不用標點，單靠文字自身推進，依然流暢自如，更為其中特色。在〈親愛的小孩〉中，這類長句俯拾皆是。前引「並冒出許多……幹砲的幻想」為例，總共三十七字，因沒用標點，一氣而下，女主角心底蓄積對男性的不滿情緒便得以順著句子節奏淋漓展露。然而，劉梓潔同樣能在配合情境下，靈活運用短句。以上引文，便充分利用短語形塑女主角與老外的易聚易散。構詞上，四字、三字、二字以至單字使用，與那種表面乾淨俐落，實際缺乏感情基礎的「短打」性關係正好互為配合。性行為取決於肉慾滿足，變成純粹身體器官的短暫工具性接觸，動作完了，一切也就完畢。傍晚到天未暗的交代，一再從時間短促來強調事情的倉猝及粗疏。性愛動作迅速完成，預示的正也是二人關係的快速完結。此外，敘述更興味十足地交代L拆開避孕套膠膜時，如何給水果刀割傷手掌。喜鬧劇氛圍背後，傳達出這段關係的任意胡為及馬虎輕率。

　　與N交往，女主角用情最深，內心受傷也最深。饒富意味的是小說內容刻意指涉其他文本，向文壇前輩致敬之餘，也使文意更為豐富。張愛玲〈白玫瑰與紅玫瑰〉男主角佟振保重遇王嬌蕊而落淚的經典敘述：

「她的話使他下淚，然而眼淚也還是身外物」[6]

到了劉梓潔，得到以下搞作發揮。女主角勇往直前，誇下誓死追隨壯語後，看到眼前男人倏忽眼淚漣漣：

> 「你一句話，我可以放棄現在生活的所有東西，買一張機
> 票跟你去美國。抬頭一轉，看到他臉上掛著長長的兩行
> 淚。」（頁33）

男兒有淚不輕彈的陽剛傳統，一下便被改易，富戲劇性之餘，帶
出的更是質疑及控訴。眼淚畢竟只是「身外物」，男性參透其中
玄機，自可適時收放自如。情為何物？女性敘述者事後反思，冷
眼旁觀，一再提醒自己及讀者，情愛在男性心目中無足輕重。

## 四、女性的敘述與自憐──女作家的創作

阿瑟・克萊因曼（Arthur Kleinman）於論著指出，人在面對
看來絕望的現實時，只能選擇去經歷，而正是宗教、倫理、美學
等，可重新賦予事物意義[7]。對劉梓潔來說，寫作便發揮了賦予
事物意義的正面作用。《父後七日》一書後記中，她曾表達以下
體悟：

> 「我相信，悲傷的、失去的、碎瑣難耐的，只要把它說得
> 好笑，也許就寫得下去，看得下去。也許，有些東西，可
> 以透過寫，被轉化，或療癒。」[8]

她認為藉著敘述或書寫，心靈創傷可得到治癒。在〈親愛的小
孩〉中，新世代女性情傷，也透過同樣過程，得到轉化或療癒。
說得可笑，因而可以寫下去的表述，應用落實在文本中，見證的
正是女作家為同性叫屈的微妙姿態。女性這種結盟方式，一再延
續的，仍是長期以來女性主義文學的抗爭意識形態。蘇珊・桑塔
格（Susan Sontag）指出，寫作是表達自我的允許。通過獨特表

述，寫作讓人取得內心自由[9]。女作家努力不懈，創作充滿個性作品，追求的未嘗不是一種自由境界。這種自我解放，最終仍不無彰顯女作家對傳統兩性關係的批判與反思。

　　在文學傳統長河中，男性掌握話語權一直為重要性別標誌。近代女權運動以至女作家冒起，逐漸改變了這種書寫模式。探討女性命運，更蔚然成為女作家創作使命。近幾十年來，臺灣女作家的努力一直備受肯定。李昂、施叔青、廖輝英、袁瓊瓊、蕭颯、平路等，從七、八十年代開始，已不停在作品中反思女性處境。劉梓潔雖是新世紀才崛起，處於起步階段，作品不多，但同可歸入這一寫作傳統。她的小說像這篇〈親愛的小孩〉，便繼承了前輩作家抨擊男性自私放縱，為女性叫屈的創作風尚。當然，劉梓潔個人特色亦展現在其筆下濃烈的新世代風情。潮語如俗辣、機車、打砲、嘴砲等運用，除見證作者的刻意外，更反映了由於這些流行語的地域性而造就的臺灣本土風味。隨著互聯網普及，這些本受地域限制的時髦用語不難查找解釋，而不至於會對域外讀者造成閱讀障礙。成名作〈父後七日〉，早已見證劉梓潔以時下年輕女性視野介入及親身參與，反思傳統喪禮種種細節意義。在〈親愛的小孩〉中，「我」的敘述身分同為年輕女性，而我這女子的經歷，則是時下兩性關係的鮮活具體寫照。男性性事隨便、對女性寡情，在女主角娓娓敘述下，受盡揶揄。尤為值得注意，是女性那充滿自憐的口吻。這種自憐，既是敘述者在旁觀男性後引發的主觀情緒，亦同時互為因果，反過來使男性的無情，更飽含女性獨特的性別觀照。八十年代，前輩作家蕭颯於〈給前夫的一封信〉中，以「自己」為第一身敘述，細訴前塵，從「棄婦」感情角度，對前夫及第三者哀怨「進言」[10]。另一作家袁瓊瓊，則客觀抽身而出，冷靜地在〈自己的天空〉中，讓女性出奇不意走出被棄的陰霾傳統[11]。若從女性主義立場來看，無

論是棄婦自我表述，或者是對「自己的天空」的期許，不啻也是別具性別視野的書寫策略。多年以後，新進作家劉梓潔則再以「我」為第一身敍述，從屢次被遺棄的遭遇，細說新世代男性風流過後，如何堂而皇之抽身而去。這一新世代女性顯然糊塗中又帶清醒，糾纏之間，已另有算計，時刻以孕育小孩為箇中目的。敍述便見不斷把擁有小孩作為自我改變、提升的力量：

> 「親愛的小孩啊，我真不知道，如果你不來，我會帶著這些銳角，自傷傷人到何時。」（頁39）

故事中另一角色將媽的豪言表白：

> 「就算婚姻破裂我都不會後悔生了小將」（頁38）

更把女性對小孩的重視再一次說明。弔詭的是，敍述者卻似乎仍抱著孩子為愛情結晶的理想。在沒有愛情的性關係前提下，小孩看來也難以來叩門，爆米花的虛空不實在，早已輾轉預示敍述者孕育新生命的無望。

## 五、以幻象形塑的小孩 ── 女性的無望與希望

故事最後一節寫的是女主角獨自到商店購物，卻給店員指稱曾看到她牽著一小男孩。女主角因而興奮莫名，一廂情願設定小孩的存在。這個男孩更給描述為：

> 「眼睛又圓又大，長得好可愛」（頁42）

要注意的是，店員是在女主角連番迫問及誘導下，才承認「有通」（頁42），見他人所不見。女主角自我製造幻象的努力及意圖實不容忽視。這樣的主觀想像，正彌補了女主角無法透過合適途徑孕育新生命的現實遺憾。其實，早於故事第二節，另一同樣所謂「有通」的男性角色，早已預示有一「眼睛又圓又大」（頁31）的小男孩一直跟隨女主角，待她把他生下來。小孩在故事中成了不少成年男女的想望，讓人在失落現實中，找到精神依存目標。女主角渴望孕育小孩的情節，在小說五節中均有出現，成為貫串全文主線脈絡。女主角心知無望，以「過了就好了」（頁24）聊自寬解，把渴望歸諸為生理激素作祟。以下一段，更見女主角透過想像之旅，向小孩傾訴，以滿足一己願望：

> 「之後漁人碼頭、金門大橋、卡斯楚街、嬉皮村、納帕谷酒莊、城市之光書店、科波拉開的餐廳，我都想著，親愛的小孩，如果你真的來了，你的第一趟旅行可真爽哪，你會不會長成一個嬉皮呢？」（頁27）

女主角三十歲生日那天，從臺北飛往三藩市前，曾與H性交，因此引發她搭乘飛機時，恰是「親愛的小孩──的播種日」（頁27）的想像。一起與這期望的小孩飛過換日線，繼而暢遊美國名勝，成為女主角滿足心靈的旅程。實在的景點，虛幻的小孩，真假並陳，更是指向女性幻想擁有小孩的潛在慾望。不斷向這一想像小孩傾訴，成了現實中新世代女子對男性不滿或失望的宣泄方式。「親愛的小孩」，代表了無望中的希望。

劉梓潔在說明自身寫作理念原則時，曾以小孩為喻：

> 「我內在有兩個小孩。一個永遠精神充沛、跑跑跳跳對我

> 說：『要好看、要好笑啊！』另一個則孤獨晃遊，消磨
> 悠悠長日，醞釀著小小的歹惡念頭：『嘿，搞怪一下，
> 忘掉憂愁吧！』我與他們依存、對話，這就是，我的寫
> 作。」[12]

小孩不僅能提升個人精神，更是作者賴以創作的玄機。小孩在劉
梓潔作品中，恆常成為充滿力量的重要象徵。更重要的是，這一
意象連結了女作家作為女性及創作者的雙重身分。可進一步詮釋
的是，在〈親愛的小孩〉中，女性敘述者念茲在茲的「小孩」，
除光亮女性自身生命外，也同為重要敘述對象。這種親密協作方
式，正正體現劉梓潔要與小孩「依存、對話」的創作法則。如此
自我虛設的互動，自使小孩成為女作家生命及創作重要能指。這
一設計安排，除突破傳統女性失去自我，只為父權傳宗接代的刻
板被動形象外，也同時代表新世紀女性的期許及希望。阿瑟・克
萊因曼（Arthur Kleinman）認為希望可以創造。他非常看重希望
對人生的意義，把它視為人在危險及不確定環境下藉以存活的要
素[13]。劉梓潔在〈親愛的小孩〉中，通過敘述者與想像小孩「依
存、對話」的合作方式，創造希望之餘，也為女性在不確定的兩
性關係下，找到重大生存憑藉。

# ◆注釋

1　「林榮三文學獎」是臺灣的文學獎，由林榮三文化公益基金會主辦，分別設有短篇小說、散文、新詩、小品文組等比賽項目。活動宗旨為「鼓勵以文學表現生命力的作者，激勵臺灣文學創作」。2005年為第一屆。

2　劉梓潔：〈親愛的小孩〉，《短篇小說》第1期（2012年6月），頁23-42。

3　劉梓潔：《父後七日》（臺北：寶瓶文化事業公司，2010），頁1-205。

4　劉梓潔：《此時此地》（臺北：寶瓶文化事業公司，2012），頁1-235。

5　《父後七日》封底頁有以下介紹：「2006年，劉梓潔以短短四千字的〈父後七日〉，驚豔在座評審，奪下林榮三文學獎散文首獎。」

6　張愛玲：〈白玫瑰與紅玫瑰〉，《張愛玲小說集》（臺北：皇冠出版社，1985），頁88。

7　Arthur Kleinman, *What Really Matters: Living a Moral Life amidst Uncertainty and Danger* (New York: Oxford UP, 2006) 44-45.

8　劉梓潔：《父後七日》（臺北：寶瓶文化事業公司，2010），頁204。

9　Susan Sontag, "Writing as Reading," *Where the Stress Falls* (London: Penguin, 2009) 264.

10　蕭颯：〈給前夫的一封信〉，《唯良的愛》（臺北：九歌出版社，1986），頁95-119。

11　袁瓊瓊：〈自己的天空〉，《自己的天空》（臺北：洪範書店，1981），頁133-151。

12　劉梓潔：《父後七日》（臺北：寶瓶文化事業公司，2010），頁205。

13　Arthur Kleinman, *What Really Matters: Living a Moral Life amidst Uncertainty and Danger* (New York: Oxford UP, 2006) 45.

\*　全文2020年5月完成修訂，原刊於《世界華文文學論壇》2013年第3期。

# 06　女作家的好男好女故事

—— 張讓〈我的兩個太太〉要說的話

―――――――――――――――| 摘要 |―――――――――――――――

　　本文探討張讓短篇小說〈我的兩個太太〉。簡單來看，小說是寫男主角為了移民，離婚再娶。然而，女作家筆觸閒閒調侃下，卻翻出另一層意思。男主角娓娓自述演繹的，彷彿並非不認糟糠的舊調重彈，而是一好男兩好女故事。然而，在女作家一步一步解構下，男主角的所謂進退有節、情義兼重，最後反成了一廂情願的自我想像。一好男兩好女的「美好」構想，並未改寫千百年來陳世美故事奠下的基本格局。

## 一、女作家筆下的新版陳世美故事？

為了移民，為了綠卡，男男女女紛紛串演一幕幕鬧劇，早已為不少作家筆下題材。張讓小說〈我的兩個太太〉，同樣觸及以上內容[1]。小說寫原居臺灣的中年男子高天其，為取得美國移民資格，不惜與太太離婚，然後另娶。看來，這又是讓天下女子見證沒良心壞男人的故事——陳世美拋棄糟糠的重複演繹。

小說一路讀來，卻彷彿調子出岔。這一現代陳世美竟與我們自少耳熟能詳的負心漢有不少出入。首先，他雖再娶，但並沒不認糟糠。由四個嗷嗷待哺的孩子到臉黃色衰的前妻，打從心裡，他從沒想過放棄。糟糠雖不再青春貌美，他卻欣賞其賢良淑德。原來，我們男主角背後有不得已苦衷。男主角再婚，忍辱負重，是要讓原來一家大小日後有更好生活。

## 二、好男人的自述

〈我的兩個太太〉值得注意，是作者對好男人的特別眷顧。好男人不得已做了陳世美，女作家為讓他平反，並沒褫奪其發言權。事情始末來由，全從這男人口裡道出。女性主義慣常認為，掌握發言權為自我價值的肯定。然而，全篇小說，似乎並不見女作家為女性爭取發言機會。男主角變成故事唯一敍述者。既然男主角為獨有敍述者，整篇小說，便毫不避嫌地從他的觀照出發；以他的觀察、感覺去縷述他和兩個女人的故事。這樣一路下來，千百年不停搬演的陳世美傳奇，譜出了新變奏——成為無可奈何、造化弄人的好男好女故事。

## 三、當好男人遇上第一個好女人

　　男主角承蒙女作家垂青，獲得獨家發言機會，也就鞠躬盡瘁，娓娓道出他的故事。不負厚愛，男主角在自述中，總是對妻子月芝稱讚肯定。妻子的克盡婦道、賢淑良慧，成了男主角處處張揚的話語。這種高調好男人姿態，更反映在男主角屢屢自省行為上。試看他如何記敘月芝不敵歲月的殘敗花容：

> 「看得出來當年的漂亮，但是沒有那種風采，像一朵沾上
> 灰塵的紙花。他是教我糟蹋了。」（頁88）

好男人不但沒有嫌棄妻子婚後疏於妝扮，亮麗不再，而且把責任全放諸自身上。為照顧身體欠佳的妻子，他往往不惜大破慳囊，買盡各種補品，讓她調理。賢妻不捨獨自享用，總與一家分享種種，更顯相惜相重，鶼鰈情深。以下宣言：

> 「我的太太，我不愛惜誰愛惜？」（頁89）

越發顯出男性的承擔與氣度。女性經常訴病男性婚前呵護、婚後變臉的樣板缺點，完全一掃而空。這樣一個好男人，如何會走上與髮妻離異，另娶他人的不歸路？以下是好男人對愛妻的盡訴衷腸：

> 「離婚是不得已。現在夫妻離離合合，比穿衣脫衣還快，
> 還不當回事。我可不是。我壓根不得已。沒有其他辦法可
> 走，要在美國合法待下去，只有結婚，假結婚。……我要
> 把你們接出來的，走這條路就是要把你們統統接出來，在

> 美國過好日子。你知道我，我不會丟下你們不管的。」
> （頁83-84）

某些人可能只為外國居留權，滿足私慾，停妻再娶；好男人卻有
著不得已苦衷。他是為了一家大小未來幸福才「出賣」自己。再
婚決定背後，是自我「犧牲」的「高尚」情操。

## 四、忍辱負重的再婚之旅

為了實現計劃，好男人旅美期間，頻上教堂。皇天不負有心
人，好男人終於遇上合適對象慕良，成功走上再婚之旅。然而，
好男人即是好男人，如何會輕易忘記與「前妻」情比金堅、信誓
旦旦？再婚之夜，無法迴避之餘，好男人表現得扭捏不安：

> 「第一個晚上，在尼加拉瓜，我死拖死挨，終於躲不過上
> 了床。」（頁97）

最後無法不成其好事，亦只有以失身不失心的精神迎戰：

> 「這是做戲，不是真的。我像念咒一樣在心裡喃喃誦念，
> 假想慕良是月芝，側過身，慢慢伸手在慕良身體撫摸。」
> （頁97）

據說有這樣的故事：妓女和客人一路交易，一路讀報。對她來
說，交易為純綷肉體行為，與精神沾不上邊，讀報才為自我靈性
超越提升。她出賣的僅為形下身體而已。我們的好男人天人交戰
下，總有以心御身的形上解決方法。

## 五、生命中必須承受的重 —— 好男人再次遇上好女人

王藍長篇小說《藍與黑》的男主角說過：

> 「一個人，一生只戀愛一次，是幸福的。不幸，我剛剛比
> 一次多了一次。」[2]

男人生命中註定不止一個女人。高天其遇上月芝，然後又遇上慕良。好男人再婚太太慕良，雖身處異邦，但同樣演示了中國女子貞潔賢良的傳統美德。新婚之夜，新郎半推半就之間，驚覺新娘為處子之身：

> 「當晚我們不但在名義上，在事實上也成了夫妻，而讓我
> 加倍不安的，慕良竟是處女。」（頁92）

兩人生活下來，日常家居，高天其逐漸發現慕良的好：

> 「從單身到嫁給我，替我做飯洗衣，她做來都十分自然容
> 易。才結婚，她已經像做了我幾十年太太。」（頁97）

好男人不能抗拒好女人。新婚之旅，尼加拉瓜瀑布前，水流飛瀉，早已見證及預示二人難捨難離。任重道遠，對於全心把終身託付的好女人，好男人如何能推卸責任：

> 「從下往上看瀑布，真的是氣勢驚人……慕良緊緊抓住我
> 的手臂，好像她的生命全繫在我身上。我心扯得痛，十指

冰寒伸過臂去摟住慕良。」（頁98-99）

日子一天一天過去，兩人生活在一起，變成習慣。二人在婚後越發肥胖即說明生活的愜意和順。然而，好景不常，慕良終於發現好男人結過婚，兼有兒有女的事實。在慕良追問下，好男人不得不惡言相向，且為了維護男性尊嚴，更不惜枕冷衾寒，搬到書房獨睡。最後，好男人妥協了，因為經過這次考驗，好男人越發認清慕良的通達賢慧：

> 「自從和慕良攤牌以後，我搬回臥房，慕良每月加幾百塊讓我寄回臺灣，甚至提到只要綠卡下來，立刻可以申請把小孩接過來。……『只要不離婚，其他的事我都幫你。』慕良把立場說明白，她算是很慷慨的。」（頁107）

好男人是有良心的。在良心驅策下，他不能不察覺慕良的容忍節制。她的大方慷慨，不僅見諸於平常對好男人的經濟照顧，更在再婚一事曝光後，得到進一步驗證。好男人不能辜負好女人！

一個好男人，兩個好女人，如何了局？故事尾聲，好男人坐在與慕良的美國家中，陽光下抬頭望著與慕良的新婚照，彷彿之間，慕良變成了月芝，……果真無分彼此。由是，故事就在好男人以下自述中，戛然而止：

> 「我今年四十三歲，四個孩子，兩個太太，一張將要到手的綠卡。」（頁108）

生命中有不能不承受的重：好男人背負的，是兩個好女人及四個孩子的心理重擔。

## 六、結語──遁隱的女性聲音

　　一個男性自述故事，帶出齊人的情非得已。猶抱琵琶半遮面，字裡行間委婉透露好男人碰上好女人，良心使然，無法抉擇的惆悵。我們好像也怪罪無從。好男人在自我剖白之餘，從沒抹黑兩位妻子，且更無分彼此，毫不偏袒地把兩女的好都盡現大家眼前。賢淑大方，進退有節，展示的正是女性良好風範。

　　然而，若從約翰・伯傑（John Berger）「女性只存在於男性行動中」[3]的看法出發，我們不妨追問，為何女性的存在，只能由男性帶動？在這篇小說中，作者讓故事男主角成為唯一敘述者。他不但為一己發言，而且更為身邊女性「仗義」執言。如此一來，兩個女角的出現完全由男主角帶動，她們成了女權主義者輕易便能歸類的對象──被男權社會操縱，沒有自我的第二性。她們的所謂賢淑，完全由男主角界定。無論家庭主婦月芝，抑或職業女性慕良，均淪為男主角的計劃樣板。她們的好或順從容忍，彷彿只是男主角自我圓說的注腳。慕良雖在客觀學歷及經濟等條件上，比男主角優勝，但婚姻被操縱的命運，與月芝實不遑多讓。王牌綠卡和優裕生活條件的提供，與其說是爭奪丈夫的籌碼，毋寧說更暴露了被利用的性質。故事中，兩位女士的喜怒哀樂，完全由男主角的敘述帶出。這種代言人身分，在在昭示男性控制在握的局面。就在這種男性話語霸權控制大局下，女作家悄悄揭示的，或正是以遁隱方式展現的女性聲音。表面上女性沒有發言權利，但實際上，就如女性抗爭歷史中經常提及的空白床單一樣，靜靜展示，無聲抗議[4]。消聲的被動身分，更說明了男性「獨享」發言權的專橫霸道。

　　此外，男主角在自述裡，屢屢表明人非草木，情非得已。人

力難能抗拒的本能傾向，順理成章變成男主角欲拒還迎，親近再婚妻子的藉口：

> 「我不應該喜歡，但是喜不喜歡是心裡的事，腦子管不到。我命令自己不要喜歡，不應當喜歡，沒有用。這真是尷尬死人的事。」（頁97）

男主角意識上已經一再努力「守身如玉」，但誰又能抗拒天生本能傾向？壓抑復壓抑，自述中自不免產生對軟玉溫香的遐想。尷尬背後，真情流露了男主角蠢動之慾望；恍如節制含蓄間，帶出了對女性胴體的記憶敍述：

> 「慕良關了燈，躺在我身邊。她身上有肥皂的香氣，很乾淨很舒服的香氣，像一朵很大有體溫的花，開在我旁邊。……慕良身體又大又軟，我很喜歡貼著她，像一片貼著爐子的燒餅。」（頁97-106）

一直以來，男性總是難能抗拒大地之母的召喚。慕良的母性特質，溫暖可親，再為男主角找到欲拒無從的托詞。然而，任何其後解釋，最後指向的，或許更是男主角當時已惘然之意亂情迷。

這篇小說另一點值得注意，是女作家貫徹始終、輕描淡寫的諷刺筆調。通過男主角的敍述，小說處處張揚兩個女人的好，而由兩個女人的好，最終帶出的仍是男主角的好。沒有好男人的觀察與敍述，女性最多只能落個敝帚自珍。男主角說來一臉誠懇良善，處處顯得欣賞、體諒女性。這種故作大方的態度，在敍述刻意安排下，反而造成欲蓋彌彰的效果。男主角的所謂好，在女作家輕輕撥弄下，帶出了自打嘴巴的諧趣。世代迭變，陽剛陰柔

的兩性分野，自不若往昔涇渭分明。傳統稱道的女性溫柔婉約文風，亦在當今文壇中屢受挑戰。此篇小說讓人回味，是作者看似不失溫柔含蓄，卻在娓娓敍述過程中，完成譏諷的淡淡韻致。女作家該有何種風格，在多年女性主義風潮下，不會不備受討論。然而，在這眾聲喧嘩的文學年代，女作家何去何從，往往難有圭臬可循。走過被強制女性標籤，以至後來刻意模仿男作家的歲月，當代女作家要走的可能是充滿自我及自信的寫作路向[5]。張讓這篇小說，氣定神閒的描寫敍事中，是否正反映這方面的嘗試？

　　最後不妨留意，女作家在小說中如何一直在開男性玩笑。在女作家貌似縱容下，男主角毫無保留、侃侃述說自身經歷。一好男兩好女的構想，讓天下男子彷彿找到兩性關係的模式或竅門。兩個好女人對男主角的情有獨鍾，大大滿足了男性的白日夢。男主角處處自覺進退有節的好男人風度，使男性自以為是的幻想得到進一步演繹。男主角經濟或謀生能力的失利，則在兩位妻子毫不介懷下，得到精神以至實利上的補償。得到大地之母包容庇蔭，看來永遠是男性心底潛藏慾望或蠢蠢欲動的想像。

## ◆注釋

1 張讓：〈我的兩個太太〉，《我的兩個太太》（臺北：九歌出版社，1991），頁83-108。

2 王藍：《藍與黑》（臺北：九歌出版社，1998年重排本），頁2（原書1958年由紅藍出版社出版）。

3 John Berger, *Ways of Seeing* (London: British Broadcasting Corporation, 1972) 47.

4 a. Isak Dinesen, "The Blank Page," *Last Tales* (New York: Vintage, 1957) 99-105.

   b. Gayle Greene, and Coppelia Kahn, "Feminist Scholarship and the Social Construction of Woman," *Making a Difference: Feminist Literary Criticism*, eds. Gayle Greene, and Coppelia Kahn (London: Methuen, 1985) 5-6.

5 這裡參考了伊蘭‧修華特（Elaine Showatler）的看法。伊蘭‧修華特（Elaine Showatler）把英國女作家作品的發展分為三個階段。第一階段為「女性化時期」（feminine stage）：女作家努力模仿男作家或者接受他們的觀念。第二階段為「女性主義時期」（feminist stage）：女作家反對及攻擊男性主義的價值觀，提出女性的權益。第三階段為「女性時期」（female stage）：女作家尋求自我發現，建立屬於女性的風格。

   Elaine Showalter, *A Literature of Their Own: British Women Novelist from Bronte to Lessing* (Princeton UP, 1977) 13.

* 全文2020年5月完成修訂，原刊於《文學研究》2007年第6期。

# 07　一場鬧劇的意義

—— 李昂〈北港香爐人人插〉的嘲弄與顛覆

———————————————┤ 摘要 ├———————————————

　　李昂〈北港香爐人人插〉以政界人士行事作風為敍述內容。小說發表以後，惹來不少迴響。「現實女主角」與作者爭論對峙、好事者推波助瀾，喧喧擾擾，好不熱鬧。本文正是從小說引發的迴響出發，探究其中隱含的嘲弄與顛覆意味。李昂一向不忌諱在作品中刻劃性愛場面。這一小說創作，更見作者如何透過露骨描寫，浮想聯翩，與男性「建國大業」相互指涉，以凸顯政壇人物的淺陋可笑。

## 一、〈北港香爐人人插〉引起的風波

　　〈北港香爐人人插〉[1]引起的風波，因為「現實女主角」勇於對號、李昂斷然否認、其他人推波助瀾，一時紛紛擾擾，好不熱鬧。爭論不外乎：女主角林麗姿是否直指某政壇巾幗？情節是否呼之欲出？女性主義立場論者，則認為內容污蔑女性，起而攻之。本文嘗試從小說引發的迴響出發，探究其中隱含的嘲弄與顛覆意味。

　　文學理論歷經以作者理解為依歸，到承認作品不假外求，本身具有自足意義，以讀者為中心的批評理論開始廣受注意。這一派理論把研究焦點放在讀者感受及反應上。文學作品意義，由是取決於讀者個人主觀詮釋。文本本身開放、不定，著重讀者的自我「創造」。這種強調讀者參與的開放精神，正好啟發我們從另一角度，重新審視〈北港香爐人人插〉引來諸多「八卦」迴響的意義。

## 二、「八卦」迴響的意義

　　〈北港香爐人人插〉惹來的最大反應，無疑來自陳女士。陳氏一口咬定，自己成了現實中李昂與政壇某人感情瓜葛下的倒楣鬼。接著一系列以陳、李為題文章的造勢，兩人間的私人瑣事，紛紛變成輿論焦點。「兩個女人的戰爭」遂成為好事者的得意總結。李昂雖挺身而出，抗拒對號入座，極力維護自身作品的文學價值，但在一片喧鬧聲中，仍惹來一蹚渾水之嫌[2]。所謂嚴正批評，似乎遠不及這些你言我語、你猜我測的私人揭祕來勢洶洶。評者亦早已有從「窺視癖」角度審視這種八卦文化[3]。這裡進一

步指出的是：〈北港香爐人人插〉引發的八卦迴響，不就正好呼應書中不斷把政治淺化、矮化的企圖嗎？換言之，從讀者參與建構文本的讀者反應理論來看，讀者這一挖掘隱私的反應，正好進一步反映書中政壇人物的亂行乖異。一場政治婚禮鬧劇，就在讀者「熱心」參與下，更顯荒謬可笑。

## 三、對崇高、莊嚴政治理念的「解構」

回頭且看李昂如何在故事中「解構」一向讓人感到崇高、莊嚴的政治理念。李昂以瑣碎八卦代替嚴正理念。反對運動那些政壇人士，就在尋找「表兄弟」的婚宴鬧劇中，暴露了所謂政治立場，原來並沒有牢固基礎。黨內黨外鮮明對立，看來只是無意義抗爭。一個女人閭閭介入，各人即亂了陣腳。一聲尋找「表兄弟」，似非而是地，便輕易化解兩黨政治矛盾：

> 「更是開反對運動的先例，一屋子不管幾分之幾是『抓耙仔』、『黨外人士』，對立的雙方首次有了齊一、一致的對象目標：——尋找『表兄弟』」（頁123）

政治立場的嚴正分野，被矮化成個人私隱、蠅頭瑣事的無謂之爭。鮮明的政治對立，根本並不存在：

> 「誰是誰的『抓耙仔』已無意義，因為加害者與被害者隨時可以互控並轉換角色。」（頁156）

李昂嘲弄一向看來涇渭分明的黨派立場之餘，亦顛覆了一般人對政治的固有看法。政治角色既可隨時互換，黨同伐異頓成可笑

堅持。各黨不同的政見內容，更顯得無足輕重。此外，李昂花上頗多筆墨，細緻地描寫眾人如何於婚宴中，熱心地尋找「表兄弟」。這些細節，把戲謔變成煞有介事，嘲弄意味更形突出。這種「解構」傳統政治的手法，亦變得饒富興味，惹人遐思。

　　至於書中女主角林麗姿以身體換取權力的手法，自易引來女性主義者非議。要指出的是，李昂翻用傳統「紅顏禍水」概念之同時，焦點卻似乎不在於「紅顏」手段有多歹毒厲害。李昂著意的，是眾人的淺陋可笑。換句話說，並非林麗姿「法力無邊」才使風雲變色，而只是那些政界人士本身的怪異推論：

> 「『林麗姿亡執政黨』說法，是基於『睡了這麼多人，她怎能不得病』的設想……『她一旦得了性病，搞不好還是AIDS呢！不是更好？儘管讓她去睡國民黨的人，只要讓黨內當權人士一一得性病，國民黨不就垮了？』……不用革命，不用政黨輪替，甚且毋須透過選舉，反對運動努力五十年，犧牲多少人生命、青春，多少家庭家破人亡所要打倒的國民黨，不是不打就可以成功了？」（頁157）

表面看來高尚的政治運動，被拉扯至與性病混為一談，世紀隱疾赫然成為對付敵黨最文明有效之法：傷亡、犧牲等減至最低。另一角度來說，令人聞而色變的惡疾遺害，竟然遠遠不及政治運動帶來的破壞。李昂對政治運動的否定態度，清晰可見。不經意的連續詰問，貌若閒適，卻自招來陣陣訕笑，逕直帶出全文的戲謔姿態。政治運動的實質意義，由是受到質疑。

　　〈北港香爐人人插〉惹來女性主義者側目，是女主角不惜以身體換取利益權力。然而，若就此即認定書中只對女性販賣肉體恣意低貶，那就未免忽視了作者對男性赤身露體其實同樣「抬

舉」。一直以來，男性往往扮演看者角色，女性則是男性主觀慾望投射對象，只能扮演被看那方。從權力分配來看，看人行為屬主動，被看者則為被動、受支配一方[4]。在這篇小說細緻鋪陳下，男性裸身卻纖毫畢現，其中更屢屢以女主角目光加以審視。那種有意無意間把男性性器喻為豬大腸的說法，以及女主角觀照、回憶時顯露的冷靜從容，自亦大大挫折男性雄風，顛覆了從來只有男性看女性的父權傳統。如果我們相信男性不會輕易於女性面前暴露性器，因為那是權力象徵[5]，李昂的毫不忌諱，可使文本帶出以下信息：充滿陽剛味道的男性（政治）世界，在女性目光「操弄」下，就如豬大腸般軟黏無力，不堪一擊。

此外，男女性關係更被笑喻為創建臺灣的共同努力：

> 「如果臺灣建運動的理念，能藉著她的叫聲傳出去，搞不好，臺灣建國早就成功了。」（頁137）

> 「陰戶幹得早像布袋一樣，又鬆又垮，不管怎樣大的、長的、粗的、硬的陽具在裡面，都上不著天，下不著地，在中間獨大呢！中間獨大，就好比臺灣島獨大於臺灣海峽，臺灣不就獨立了？建國不就成功了？可見，同志大夥共同打拚、出生入死，真的能『兼善天下』嘛！」（頁137）

男性身體隱私一如女性般被鋪陳之餘，其政治理想更受到有意挖苦。建國何等「大志」，卻落實在性愛範疇上。男歡女愛過程、兩性生理特徵，在作者遊戲筆觸下，無限上綱，成為男兒賴以建國之竅門。「為國捐軀」精神，就在此一重新演繹下，顛覆了原來意義。

## ◆ 注釋

1　李昂：〈北港香爐人人插〉，《北港香爐人人插》（王德威編，臺北：麥田出版社，1997），頁113-162。

2　王德威：〈性，醜聞，與美學政治〉，《北港香爐人人插》（王德威編，臺北：麥田出版社，1997），頁9。

3　a. 中國時報編輯：〈小說歸小說，真實歸真實──從「北港香爐」事件談起〉，《中國時報》1997年8月16日，版3。
　　b. 平路：〈虛假的陽具？真實的刑臺？〉，《中國時報》1997年8月1日，版2。
　　c. 孟樊：〈爐火燒不盡：李昂VS陳文茜〉，《明報月刊》第383期（1997年11月），頁108。

4　a. 薩特著，陳宣良等譯：《存在與虛無》（北京：三聯書店，1987），頁467-553。
　　b. 李天命：《存在主義概論》（臺北：學生書局，1976），頁133-136。
　　c. John Berger, *Ways of Seeing* (London: British Broadcasting Corporation, 1972) 47.

5　Phyllis Chesler, *About Men* (New York: Simon and Schuster, 1978) 218.

*　全文2020年5月完成修訂，原刊於《中國文化月刊》1998年8月。

# 08　回憶中的戀人

## ── 李歐梵《范柳原懺情錄》論評

┤ 摘要 ├

　　《范柳原懺情錄》為學者李歐梵首部小說。這一創作對張愛玲〈傾城之戀〉續寫之餘，更見李歐梵如何把自身經歷移花接木，融入想像情節之中。作者故意混淆真實與虛構，利用久遠記憶容易變形、讓人遺忘的特點，為男主角「創造」一段自我想像的愛戀關係。缺席的戀人、未寄的書信，成為老年男主角一廂情願製造戀人回憶的憑藉。本文除探討以上內容外，更指出小說如何不斷調校讀者閱讀方向：一方面讓其傾聽主角無盡悔疚，另一方面又提醒悔意中隱含的自我想像。

## 一、從李歐梵到范柳原

由臺大念到哈佛，繼而大學執起教鞭，李歐梵本身的學者身分自不容置疑。浸淫學術研究經年，品評他人作品之餘，他仍有親自操刀，撰寫小說的衝動。《狐狸洞話語》一書，便見李歐梵游刃有餘於短論散作外，亦對小說創作蠢蠢欲動。他更擬以學術知識移花接木，融入創作內容中：

> 「於是我又不自量力，開始構思我的一本學術研小說來了：三十年代的上海有位名作家邵洵美，……」[1]

> 「這位英國作家〔筆者按：指英國小說家朱利安·伯恩思（Julian Barnes）〕真了不起，竟然可以把研究福婁拜的生平資料作小說寫，真是為學術研究出了一口氣，看樣子我也不應該中斷我的另一部小說的構思：從邵洵美的生平資料中虛構他的日記書信。」[2]

李歐梵雖然最後並未創作如《福婁拜的鸚鵡》（*Flaubert's Parrot*）般所謂學術型小說，但他首部小說《范柳原懺情錄》[3]卻非全然虛構。他以張愛玲名作〈傾城之戀〉[4]為藍本，續寫男女主角范柳原與白流蘇故事之餘，更同時馳騁想像，編織起夢寐的愛情故事。這種寫法，固可視為向「名家致敬」[5]，但從另一角度，也可讓我們一睹從事文學批評多年的學者，如何把閱讀名家作品經驗，轉化為筆下創作。

現代文評進入「作者已死」，一切盡在「文本」階段後，撤除作者「干預」，往往被視為小說創作重要美學手段。在《范柳

原懺情錄》中，作者卻樂此不疲「投身」作品之中。他刻意留下線索，呈現自身與范柳原經驗或心態上的相似。兩人英文名字的巧合，正是這種相似的外化表現。那恍如夫子自道的敍述，使作者本人與故事中的李教授真假難分之餘，更互為指涉影響。小說與現實，界線顯得模糊不清。在這種有意安排下，范柳原在一系列情書中展現的深情，似乎同樣凝聚了作者的深情，且更是「天下老男子」癡情的見證[6]。

## 二、以回憶締結而成的浪漫愛情

　　李歐梵續寫〈傾城之戀〉的愛情故事，卻改寫了范柳原等人後半生的命運。羅伯‧約翰遜（Robert A. Johnson）曾指出愛情與苦痛糾纏不清的關係[7]。彷彿只有經過苦難磨練，方能凸顯愛情本質。在張愛玲筆下，白流蘇與范柳原能夠走在一起，也是由於戰爭洗禮，可是李歐梵並沒有讓角色從此「和諧地活個十年八年」[8]。他製造了另一次感情起伏，以這對情侶分手展開故事。

　　范柳原離開白流蘇，離開中國，離開香港，在異地度過悠悠歲月，然而正是這種時空阻隔，造就了理想中的美好愛情。從愛情相關討論中，我們明白到人往往會美化愛戀對象。去除理性監督後，美好特徵受到誇大，對象越顯完美無瑕[9]。在《范柳原懺情錄》中，范柳原便通過「回憶」美化他的對象。垂暮之年，孑然一身，范柳原給安排了可讓他盡情傾訴的環境。這一環境氛圍下，久遠記憶受召喚之同時，更為現時主觀幻想、意願所扭曲變形。評者曾指出《范柳原懺情錄》包含離散、片段地被保留下來的「破碎」記憶[10]。記憶並非完整，或許正是柳原隨心選取鍾情片段的結果。時間洗禮，更使記憶隱含更多主觀色彩。自我想像設定的情懷，由是得到進一步落實。

　　西方古代騎士，為理想異性而戰，成就了唐吉訶德的傳奇故事。在一廂情願、自我幻想的熱情下，現實中本與唐吉訶德沒關係的平凡村女，成了前者寄託理想、奮勇戰鬥的精神目標。《范柳原懺情錄》中的白流蘇，在范柳原主觀回憶及自我幻想下，也化身蛻變成理想女性。〈傾城之戀〉中，精刮、算計的白流蘇，到了《范柳原懺情錄》裡，卻變成溫柔賢淑的女性典範。在〈傾城之戀〉中，范柳原還能冷靜地從流蘇處處低頭，推敲她那以退為進的算計。在《范柳原懺情錄》裡，范柳原則一個勁地把流蘇低頭視為女性的溫婉忍讓。回憶使一切變得美好！范柳原一力承擔過錯，為當初貿然離開佳人，悔過不已。一封封書函，累積了他無盡歉疚。這種主觀情懷，使他即使到了垂暮之年，與其他對象交往，仍不能持平客觀地看待新交對象。然而，李歐梵並未讓角色一直沉醉於美麗哀傷的情懷中，老年柳原仍有這樣的自省：

> 「我又想重蹈我們走過的路，再滿足一次我的幻想，為自己再編造一個故事。像我這樣年紀的人，除了自我陶醉之外，還能做甚麼？甚至我和藹麗的關係，還不是一半出於幻想？」（頁65）

類似的反思，不時出現於一系列情書之中，正反映柳原如何有意識地製造愛情幻象，從而擷取歡愉。

　　此外，李歐梵同樣沒有放棄從流蘇的角度，否定柳原所謂刻骨銘心的愛情。甚麼淺水灣的牆垣、甚麼「死生契闊」等字眼，在老年流蘇記憶裡，早已沒有印象。老年柳原賴以寄託的記憶憑藉，頓時變得虛幻失實。故事另一角色藹麗的敍述，更讓柳原自說自話的一廂情願，得到進一步驗證。柳原一直以為藹麗酷似流

蘇，但藹麗見過流蘇後，並不認同這種看法。可見，柳原認為兩人相似，只是自我的主觀感覺。

在藹麗逼視下，作者同樣無法避免一蹚渾水。無所遁形地，作者的「用心」受到質疑。事實上，滿是所謂「懺情」的系列書信，取捨安排，自然少不了作者參與。其中投射了多少作者個人主觀喜惡，雖難以確定，但其中關係，自亦難以撇清。何況，作者也是毫不避嫌，把本人現實生活摻進文本之中。

值得注意的是，作者本人不忘交代：礙於禮貌，作者與流蘇的對話，並未錄音，內容全憑記憶。換言之，當中因遺忘而造成的誤差，並未可知。其實，這不就正是作者努力締造的真假難辨情境嗎？似是而非，是真還假？這是集眾人記憶或主觀願望構想的故事，一方面它好像續寫了〈傾城之戀〉，但另一方面，精神面貌又大不相同。有評者認為《范柳原懺情錄》是向張迷挑戰[11]。展讀此書，如未能保持開放態度，只是一味對號入座，一定不得要領。作者要傳達的，非僅為浪子的懺情故事。

閱讀《范柳原懺情錄》，不應忽視作者從不同角度揭示事物的努力。他不時提醒讀者保持冷靜及距離。當我們正沉醉於浪子深情款款的愧疚時，作者即向我們當頭棒喝，指出這只是一虛假情境。透過自我塑造的悲劇情思，柳原實現自我幻想之餘，也滿足了作者或讀者的慾望。在故事中，老年柳原縱有機會，仍不與流蘇會面，可見他選擇活在自身幻想中。文字的虛擬愛情，已足可滿足自我的悲劇情懷。打從一開始，一封封書函，收信署名人雖為流蘇，柳原看來卻未有寄達之意。對方的缺席，單向的傳達，使寫信人形同獨語，當中隱含的自我色彩，自然更形強烈。

## 三、缺席的對象，獨語的書信

　　一般來說，私人書函特質為：有特定對象，講求私密，並不公開。信中所載，是寫信人傳達給收信人的個人信息。文學方面，便有不少以書信體創作而成的作品，其中刊載的信函，看來同具私人書信特質，譬如會有特定寫信人與收信人。可是，這些信函既為文學創作，自難免公諸於眾。如此一來，函件的私密性也就蕩然無存。書信文學苦心經營的，是否另一種文學弔詭？珍妮特·奧爾特曼（Janet Gurkin Altman）在剖視此種體裁時，曾從「距離」及「橋樑」展開討論。一方由於意識到他方缺席，於是以書信作為橋樑，企圖召喚對方，藉以減少雙方距離。可是，從另一角度看，書信反映的，不就正是雙方的距離嗎？有了書簡作為屏障，寫信人似乎更能安然地表達自身心意。書信成為極富彈性的體裁，全看使用者著意的方向[12]。

　　《范柳原懺情錄》強調的看來正是雙方距離這方面。前面已指出過，柳原信函寫作對象雖為流蘇，卻無意以流蘇收達為目標。對象的缺席，使寫信人形同獨語。以書簡作為屏障後，柳原更能暢所欲言。可是，暢所欲言背後，凸顯的無疑也是流蘇與柳原的遠隔。一封封書函，無盡記憶，並沒有把歲月造成的雙方距離拉近。

　　此外，書信作者敍事時，是處於書寫「當下」，換言之，無論事件的「過去」或「未來」，都必須透過寫作「當下」呈現[13]。上一節曾說明柳原如何從記憶中構築戀情，事實上，作者選取書信此一文學體裁，正好有助發展以上情節。「過去」一切，既經書寫「當下」呈現，柳原與流蘇往昔種種，便無可避免摻上柳原寫信那刻的主觀想像了。

　　再者，書信無疑為較易讓角色揭露內心感情的文體，而有時由於寫信人與收信人關係親密，所以更傾向於情感坦露[14]。李歐梵筆下的范柳原，垂垂老去，已不見當年〈傾城之戀〉時期浪子般的灑脫不羈，也不復能像《我愛張愛玲》時期般可望不可即，顛倒天下女子[15]。他僅剩下老年人的絮絮不休，並只能不斷以回憶、想像重塑昔日之情。書信的體裁，無疑相當適合表述此種不斷自我宣泄，沒完沒了的感情糾結。

　　一直以來，文學史上記載的情書創作，署名的寫信人多為女性。傳統習慣，出遊的既為男性，女性自然只能扮演守候一方。獨守空房，默默等待男性歸來，成為女性日常生活寫照。羅蘭・巴特（Roland Barthes）討論愛情時，即對這種情境有所敍述[16]。不過，「我達達的馬蹄」營造的「錯誤」，對女性主義者來說，並不一定「美麗」[17]。達達的馬蹄聲，在他們耳邊迴盪引發的，可能只是女性受性別角色困囿的反思。他們質疑的是，在創作的客體對象中，女性是否只能扮演守候的被動角色？

　　從以上角度來看，傳統文學情書創作，往往隱含兩性政治，反映男性慣性主導一面。這次李歐梵顛倒常規，以范柳原作為情書撰作人，無盡心事，情深款款寫下懺情之書，彷彿一改以往傳統，扭轉天下女子只有苦候情人的命運。然而，再從之前的討論來看，柳原這一系列不求寄達的情書，反映更多的可能只是自我的主體意識。柳原任意從記憶中，擷取自身所喜片段，或以想像增補潤飾。這種隨意發揮，可說充滿自我滿足的強烈個人色彩。換言之，一貫以來，男性強勢的兩性關係，並未得到逆轉。羅伯・約翰遜（Robert A. Johnson）對浪漫愛情的分析，正好給我們一點啟示。這一作者指出，我們愛戀的對象，並非他人，而是自己，因為我們在愛人身上，投射了自我的期望與幻想[18]。《范柳原懺情錄》鋪陳的所謂浪漫愛情，無疑也接近這種

界說。角色看來正是從感情自我受苦中,取得另一種精神上的愉悅。

## 四、後話

本文以回憶中的戀人為題,解讀《范柳原懺情錄》。李歐梵利用「回憶」可任意添補變形、馳騁想像的特點,打造柳原對流蘇的愛戀。書信文學易於揭示個人心理、主觀感情的特色,更有助柳原絮絮不休的傾訴。李歐梵在小說中刻意「露面」,他本人的教授身分、任教的中文大學等,一一被「羅列」至作品中。現實中陳子善、許子東諸人,全給拉來湊熱鬧。一封李佟輝致李歐梵的信函,更煞有介事地提供流蘇也是現實中人的證據。種種刻意,無非努力造就文本真實一面。然而,文本本身,其實又充滿虛假特質。只要讀過張愛玲〈傾城之戀〉的,無不知道柳原與流蘇均為小說人物。李歐梵卻一蹚渾水,故意把現實與虛構混淆,一切於是變得真假難分。

林裕翼在《我愛張愛玲》小說中,雖宣揚了范柳原,但凸顯的是其「小說人物」身分[19]。李歐梵再寫范柳原,好像又要人相信「此中有其人」。《范柳原懺情錄》這種寫法,看來正如前面所指出,未嘗不是在挑戰讀者的閱讀能力。單從題目入手,一開始,讀者已知悉在閱讀虛構故事。一路下來,讀者卻會發現當中隱含的現實片段。如何保持適當距離,怡然地遊走其間,看來更是讀者需要擁有的閱讀能力。同樣地,書中一方面讓讀者傾聽柳原無限悔意,另一方面又不時提醒其中隱含的自我成分,無不顯示作者如何一直在努力調校讀者的閱讀方向。

# ◆ 注釋

1　李歐梵：《狐狸洞話語》（香港：牛津大學出版社，1993），頁58。

2　李歐梵：《狐狸洞話語》（香港：牛津大學出版社，1993），頁60。

3　李歐梵：《范柳原懺情錄》（臺北：麥田出版公司，1998），頁1-161。

4　張愛玲：〈傾城之戀〉，《張愛玲小說集》（臺北：皇冠出版社，1985），頁203-251。

5　陳建華：〈後現代風月寶鑑：情的見證——讀李歐梵《范柳原懺情錄》〉，《范柳原懺情錄》（李歐梵著，臺北：麥田出版公司，1998），頁183。

6　陳建華：〈後現代風月寶鑑：情的見證——讀李歐梵《范柳原懺情錄》〉，《范柳原懺情錄》（李歐梵著，臺北：麥田出版公司，1998），頁196。

7　Robert A. Johnson, *The Psychology of Romantic Love* (London: Arkana, 1987) 146-156.

8　語出張愛玲〈傾城之戀〉。
　　張愛玲：〈傾城之戀〉，《張愛玲小說集》（臺北：皇冠出版社，1985），頁249。

9　基里爾・瓦西列夫著，趙永穆等譯：《情愛論》（北京：三聯書店，1984），頁203-205。

10　李佗：〈浪漫主義的寫作遊戲〉，《范柳原懺情錄》（李歐梵著，臺北：麥田出版公司，1998），頁169。

11　陳建華：〈後現代風月寶鑑：情的見證——讀李歐梵《范柳原懺情錄》〉，《范柳原懺情錄》（李歐梵著，臺北：麥田出版公司，1998），頁186-187。

12　Janet Gurkin Altman, *Epistolarity: Approaches to a Form* (Columbus: Ohio State University Press ,1982) 13-46.

13　胡錦媛：〈鉛筆與橡皮的愛情——書信的形式與內容〉，《聯合文學》第161期（1998年3月），頁62。

14　Robert Adams Day, *Told in Letters: Epistolary Fiction Before Richardson* (Ann Arbor: The University of Michigan, 1966) 6.

15　林裕翼：〈我愛張愛玲〉，《我愛張愛玲》（臺北：聯合文學出版社，1992），頁187-210。

16　Roland Barthes, *A Lover's Discourse: Fragments* (Harmondsworth: Penguin Books, 1990) 13-14.

17　鄭愁予〈錯誤〉一詩，寫情人獨守閨中，等待遠方遊子歸來。其中有以下句子：「我達達的馬蹄是美麗的錯誤」、「我不是歸人，是個過客」。
　　鄭愁予：《鄭愁予詩集》（臺北：洪範書店，1979），頁123。

18　Robert A. Johnson, *The Psychology of Romantic Love* (London: Arkana, 1987) 193.

19　林裕翼：〈我愛張愛玲〉，《我愛張愛玲》（臺北：聯合文學出版社，1992），頁187-210。

*　全文2020年5月完成修訂，原刊於《中國現代文學理論》2000年3月。

# 09 情深苦果

## ──蘇偉貞〈老爸關雲短〉的親子關係

┤ 摘要 ├

　　蘇偉貞素以寫情見稱，她的故事中，多為感情陷溺而無法解脫的角色。本文剖析她的短篇小說〈老爸關雲短〉，揭示親子關係如何造成一家人難以承受的心靈苦痛。政治歷史遺留的問題，如何讓角色難以化解情感矛盾，為其中闡述內容。此外，小說如何以濃厚氣氛，營造老孫家故事，讓角色恍如身處真實與虛構之間，更為論文涉及範疇。

## 一、從〈情份〉到〈老爸關雲短〉

蘇偉貞素以寫情見稱，但若以情深不悔形容她筆下的人物，卻又並未盡然。蘇氏故事中，多為沉溺於感情而無法解脫的角色，以不能自已來形容，似乎更能說明他們的性格取向。〈老爸關雲短〉[1]這一短篇，寫親子之情，仍脫離不了深情老調。不能排解的感情牽絆，依然為其中主宰父女關係重要元素。

早於八十年代，蘇偉貞已創作了〈情份〉[2]。故事中的父親與女兒一直相依為命，生命中只有彼此。女兒對父親全情付出，父親心理上則無法適應女兒成長，遠離膝下。雙方均沒意識到自身感情的陷溺。

走過十數年筆耕歲月，蘇偉貞1998年發表的〈老爸關雲短〉，並沒有改變風格主調，寫起父女關係，依然是濃得化不開的深情。然而，有異於往昔，作者筆下人物已不再是無意識地耽溺於感情，而是有一定自省能力。正因意識到問題卻又未能解決，他們承受的內心煎熬反而更大。此外，作者更嘗試廓大層面，中臺分隔的歷史，也被嵌進親子矛盾中。政治遺禍，親情同樣受創。

## 二、一切由說故事開始：從三國故事到老孫家（關雲家）故事

從一開始，作者便擺出說故事姿態。小說開展，也是以故事穿插其中。濃濃故事氣氛，營造老孫家（關雲家）故事。真實與故事之間，界線含糊。故事好像幫助說明真實生活，真實生活又變成故事似的。小說人物就在這種環境下成長：

「我們兄妹四個是在這些真實的故事和生活中長大的。」
（頁30）

有中國文化背景的讀者，一看到小說題目〈老爸關雲短〉，自會聯想起那紅面長髯、豪氣干雲的關雲長。我們自小耳熟能詳的三國故事，在小說男主角老孫反覆演示下，帶出了角色自身的痛苦經歷。老孫亦即關雲短延伸開去，有了關雲家族各成員：女兒關雲霸，兒子關雲笑、關雲悶（關雲拉風）、關雲腿。兒女之中，父親最偏愛關雲霸。老孫家（關雲家）故事，就在這女兒口中娓娓道來。一開始，她便意識到自身與父親牢不可破的關係。這種關係，通過說故事者與聽故事者的相互呼應，清楚凸顯：

「我就像老爸蓄養的一個聽故事奴隸，只愛聽他講的故事。好像他在故事裡下了鴉片，除非一直聽一直聽續完七世父女緣份，沒別的出路，也沒其他藥方。」（頁29）

命定不能抗拒的宿命觀，經常主宰蘇偉貞筆下女主角對愛情的態度，現在同樣成為〈老爸關雲短〉中女兒對父親赤子愛的體悟。女兒與父親自足的感情體系，通過水的特有意象，清楚展現：

「那年夏天我正式下水典禮上，他輕輕把我平放他的大腿，讓我趴成『一』字形與水面平行，然後緩緩下降，我就保持這個姿態在水底，等待老爸把我撈上來，我滿臉滿身包一層水的衣包，一個剛誕生的水孩兒。而且完全不用呼吸。老爸在我背上用力拍一下，我睜開眼睛，開始呼吸。完成了我的下水儀式。我才六歲呢！老爸問我為什麼

> 不求救？我說：『你和我在一起啊！』我在池子裡看見一
> 具好漂亮的倒影在水底搖晃！和我的身體黏成貼紙。」
> （頁32）

由於女兒主觀願望，泳池中的水，發揮了胚胎似的保護功能。女
兒與父親的關係，也形同胎兒與母體般親密。女兒對父親的全然
信賴及託付，竟然超越人求生的本能反應。水構成了女兒對父愛
的重要記憶。

老孫家（關雲家）的幾個兒子，雖沒有如關雲霸般受到父親
偏愛，但同樣仰慕父親。在他們心目中，父親恍如魔幻般，充滿
吸引力：

> 「我們一抬頭看見一具高大的身影逆光倒在池裡，如魔幻
> 般的真實身體朝水中躍下。就是關公！……看老先生神勇
> 得像一隻青蛙土匪王子！」（頁31-32）

子女對父親的敬愛，使他們每以父親意向為依歸，亦由此匯聚成
關係緊密的小集團。父親的關東背景，成為各人靠攏憑藉。親子
召喚，使子女不期然走向父親的世界，和他緊緊靠在一起：

> 「關東教是不用宣誓的，也沒有什麼教義，不知道為什麼
> 卻有種無形的約束，使我們完全無法背叛它，我想，是因
> 為老爸。我們無法背叛他。我們跟他一直有種說不出來的
> 私密關係。是屬於父子之間的，連老媽都無法取代。那種
> 雄性的陽剛氣息，比整個身體重，比親情更純淨。而且，
> 背負著他自己生命的重量。我們不忍放他一個人孤獨的活
> 在角落。真的，那已經是我們和他不可分隔的世界。……

反正我們家一切價值觀早被老爸統一了。」（頁31-35）

因父親重視家鄉，重視子女對家鄉的態度，子女也努力扮演稱職
角色：吃起關東腿，不讓前人；學起父親動作習慣，更如影隨
形，如出一轍。蘇偉貞看來並不愛與女性主義打交道，在她的小
說中，經常可見對男性義氣及陽剛世界的嚮往。〈老爸關雲短〉
中，同樣可見這種創作內容。「老孫家的男人是良心」（頁32）
話語背後，隱藏著同樣的陽剛世界。

## 三、情深苦果——都是可憐人

「那些老爸口中的故事人物開始沒有什麼分別，好人好得
一樣，壞人，不，沒有什麼壞人，只有可憐人。是的，可
憐都可憐得一樣。」（頁29）

前已指出，故事與真實世界重疊相映，為此篇小說特色。老孫家
串演三國故事，而三國故事又帶出了老孫家故事。老爸講的故
事，只有可憐人；老孫家自身的故事，同樣只有可憐人——一群
為情牽絆、不能自我解脫的可憐人。

三國故事再演，關雲長雖化身為關雲短，重義重情卻沒有
「短少」了。這種重義重情，更背負當年政治形勢下，眾人遠離
家鄉的歷史包袱。關雲短落腳的臺灣，積聚他後半生的親情關
係，可是，關雲家族的新成員，敵不過一個「關雲老家」。劉備
續絃，或曾樂不思蜀，最後仍然回歸舊地。老孫家的老爸，身
在臺灣，對於關東故土的原始召喚，同樣無法抗拒。刻骨銘心
的前半生記憶，牢牢套住他，使他後半生歲月，一直帶著前半
生印記。

　　老孫家老爸終於回返老家。然而，歷史不會停駐，一切不會沒有改變。前半生不可或忘，後半生又可一下抹掉嗎？臺灣關雲家累積的感情，同樣折磨他回歸後的心靈。無法得到摯愛女兒體諒，成了他心中永難化解的鬱結。

　　至於女兒，同因老爸這次回歸，心理受到極大創傷。她與老爸特別親密的感情關係，現在反過來令她比其他關雲兄弟受創更深。父女的自足世界，再不存在。她的世界，從來完整地包含了他，可是，她突然發現：他世界的一部分，並沒有她。她表面固執堅守不探視、不理會父親的原則，內心卻受盡思念之苦。連串無聲、有聲電話，疑幻疑真，釋放的是她長久壓抑的感情。沒法留住故事、沒法改變歷史，是她的最痛：

　　　「妳是那麼的迷惘，可是要妳放棄寫故事結尾的權利妳幹嗎？妳當然有理由發脾氣！我對自己說。或許我只是抵抗我喜歡聽的歷史故事不讓它成為過去。（妳怎麼能夠永遠欺瞞時間呢？）」（頁44）

對水的美好回憶，現在反成為情何以堪的印證：

　　　「都忘了只教我一人游泳。透明的水從我臉頰溜過！他握著我腳踝叫我練腿力踢水，水花由我腳背清楚的滑過！當時都沒有把我一個人丟掉！」（頁35）

父親獨教女兒游泳，以及從未置女兒不顧的往事，與以後父親捨女兒而回返老家的事實，產生強烈反差。反差帶出的，是父親離去對女兒心靈造成的沉重打擊。

　　因為父親心態改變，兒子心理上也備受影響。他們一直扮

演順從角色。對父親故土情結接受體諒，心態、行為上刻意關東化，在在反映他們對父親的尊敬與認同。然而，老父的不領情使他們：

> 「一路為贏取他小小的愛的『共同事業』非常挫折。」
> （頁42-43）

故事歲月不再，現實人生改變，故事引發的情緒自亦有變。三國故事情節，再不能表述父親的悲痛。它變成一根刺，刺痛父親的心，提醒他關東老家兒子為文盲的事實。老孫家老爸不再講故事，關雲短不再⋯⋯

## ◆注釋

1　蘇偉貞：〈老爸關雲短〉，《聯合文學》第160期（1998年2月），頁28-45。
2　蘇偉貞：〈情份〉，《陪他一段》（臺北：洪範書店，1985），頁29-48。

*　全文2020年5月完成修訂，原刊於《臺灣研究集刊》1999年第3期。

# 10　女兒的父親

## ——當代臺灣女作家小說研究

┤ 摘要 ├

　　一直以來，父女為題的作品往往少受注意。女性主義風潮下，卻見評論家致力彌補缺漏，嘗試探討其中的父女關係。本文以當代臺灣女作家小說為研析對象，揭示女作家如何從女兒的角度，剖視父親的內心世界。在傳統父權制度下，男性往往以剛強刻板形象示人。本文討論的作品，卻可見男性荏弱退縮的一面。女兒的接納包容，除使父親感情得到釋放外，更令他們能坦然面對真正的自我。

# 一、引言

　　文壇上，以父女為題的作品，一直較少受到注意。女性主義風潮下，漸見評論家努力彌補缺漏。在傳統男權社會中，父親為家族權力最高化身，女兒則為屈從聽命一方。論者評析文學作品時，往往難免聚焦於強勢父親壓迫女兒這類題材上[1]。本文嘗試從另一角度切入，剖視幾位臺灣女作家於小說中敍寫父女關係之餘，如何一步步瓦解父親的權威。在女兒的觀照及映襯下，父親剛強一面，逐步隱退；背後情感化一面，漸次浮現。總體來説，這些作品雖沒打起女性主義旗號，但對兩性角色的關注，往往為共同特色。透過其中描寫，我們可從另一角度重新審視父親的形象。本文以「女兒的父親」為題，是因焦點放在女作家如何從女兒身上，發掘一向看來堅強的父親的另類特質。

# 二、女兒的父親

　　首先討論廖輝英〈油蔴菜籽〉[2]。這一故事揭示了男性如何無法成熟處事、解決家庭問題。女主角阿惠的父親，婚後沒有好好經營生活，經濟拮据，妻小受苦。作者屢屢從阿惠的角度，檢視父親的自私無能。然而，阿惠對父親縱有微言，仍處處體諒包容：

> 「我雖深知他手邊常留點私用錢，……但我總不忍心跟媽媽講，或者是因他那份顢頇的童稚，或竟是覺得他那樣沒心機、沒算計，實在不值得人家再去算計他吧。……竟覺得父親像頭籠中獸，找不到出口闖出來。他是個落拓人，

> 只合去浪蕩過自己的日子，要他負起一家之主的擔子，
> 便看出他在現實生活中的無能。」（《油蔴菜籽》，頁
> 33-34）

「籠中獸」、「落拓人」等形容，表達父親困境之餘，也隱含阿惠的主觀感受。不懷機心、童真愚癡的描寫，大大淡化了男性無能照管家庭的事實。女性的包容寬厚，使男性的個性，得到較全面反映。

女兒對父親的同情、體諒，在袁瓊瓊〈夕暉〉[3]中，更發揮得淋漓盡致。故事中的父親，當軍人是唯一事業，亦是人生所有寄託。無法立足軍中，他的生命頓失所依。現實生活壓力下，他的性格、行為逐漸退化成如小孩般。女兒反而成為保護者，一力承擔責任。以下一段，正表述女兒替代父親，面對借貸難關：

> 「想到若非我去承受這些，那就是爸爸承受了，這想法讓
> 我心痛得不得了，從爸爸開始變得很孩子氣以後，我就總
> 有種自己比他大的感覺，而其實毫無能力，卻仍然想盡可
> 能的保護他。我為了爸爸，借了錢，帶回家來。以後這就
> 成為我經常的任務。」（《又涼又暖的季節》，頁214）

女兒對父親的照顧及保護，其實早已受到注意。在英語世界裡，「女兒」（daughter）這字詞本身，即有「養育者」（nurturer）之意。為了得到父親認同，女兒往往毫無怨言承擔一切[4]。此外，女兒更是父親心事披露者。在〈夕暉〉中，父親退職後的鬱悒、失落，完全透過女兒的敍述，拼湊起來。故事結束時的剖視，更為父親一生作出以下總結：

> 「回想父親境況最糟的那幾年，感覺他整個處於逃避狀態
> 下，用他的笑聲逃避，用沉默逃避。……他垂眼看下方，
> 看了許久，那時候，他或者是感覺到對逃避也疲憊了。因
> 此他死了，理由是：那時候他疲於生存。這是個平凡人一
> 生的傳奇和事實。」（《又涼又暖的季節》，頁217）

女兒成為父親行為心態審視者，透過她的觀察，男性內心世界得
到全然展示。敘述內容如此安排，可說一反男性看人、女性被看
的父權傳統。女兒以自身的成熟、智慧，戳穿男性無敵的假象，
暴露男性面對困難失敗的逃避心態。同樣值得注意，是女兒對父
親的包容體諒。這樣的表述方式，不啻為對男性傳統刻板形象的
質疑。男性不一定無畏無懼，剛強背後，依然隱藏容易受傷的脆
弱心靈。

在蕭颯《單身薏惠》[5]中，女主角一生與父親關係疏離，但
仍能以自身的成熟思維，審視父親不光明的一生。父親落落寡
歡，在女兒心底下，留下了不能磨滅的印象：

> 「父親總是一年四季沉著一張臉，所有的歡樂似乎也都與
> 他無關」（《單身薏惠》，頁12）

作者屢屢安排從薏惠的角度，觀察父親的外形體態。當別人還未
意識到父親衰老，薏惠早已敏銳驚覺：

> 「他還是老了，父親酒愈喝愈慢，走路的步子愈拖愈長，
> 看張報紙還要戴上老花眼鏡，身上也開始有陳舊的體
> 味。」（《單身薏惠》，頁63）

以下的背影畫面內容，不僅為父親衰老身體的外在觀照，更包含了女兒在父親身上投注的主觀感情：

> 「望著父親吃力的攀爬上車，她淚水也一下子模糊了視線。父親老了，背都駝了，頭髮也開始灰白」（《單身薏惠》，頁93）

最後，父親病逝，作者依然安排從女兒的角度，作出觀察表述：

> 「那張臉看來就是失去了一切生氣的臉，父親死了，真正的死了」（《單身薏惠》，頁360-361）

薏惠父親不得意的一生，就這樣在女兒目光下，劃上完結句號。女兒除扮演觀照者角色外，性格的優越、堅強有時越發反映父親的怯懦無能。朱天心〈無事〉[6]的父親，便因女兒彥彥剛強獨立，而意識到自身的軟弱退避。彥彥母親為癌患所苦，彥彥一直照顧侍候，父親卻沒有勇氣面對。女兒替母親注射及善後時，父親只會不安地躲在門後，不敢觀看。母親死後，彥彥挑起家庭重擔，成為家中發施號令者。她處事的冷靜、理智，更反映父親不夠撇脫、膩於感情的行事作風。故事結束，父親發現一向堅強冷靜的女兒情感上也會有所不捨，父女間距離，反而拉近。父親終能釋然面對自我的內心世界：

> 「他微微笑起來，想這彥彥還是強似她母親，某一處他永遠不可及的。乍然清淚兩行，忽然像卸了一生的重擔似的，暗中不用替自己的神色負責，便也不去擦那淚。」（《昨日當我年輕時》，頁200）

能坦然面對自身感性一面，無疑為男性解放基本內容。朱天心於〈無事〉中，為一向雄赳赳的男性形象提供了另類可能。

施叔青的〈紀念碑〉[7]，則以女兒的才華，見證父親的失敗。女兒創作設計的天分，在在令父親柯振茂不安：

> 「面前未超過二十歲的女兒，她底智銳傷害了父親。柯振茂澀苦複雜的心理終於分辨出一種感覺，那是嫉妒。」
> （《約伯的末裔》，頁31）

從兩人的對話可以發現，柯振茂如何攻擊及嘲弄女兒。然而，被女兒質疑紀念碑設計工程缺失疏漏後，柯振茂明顯信心動搖。失敗陰影再次衝擊他：

> 「唉！畢竟我（筆者按：指柯振茂）祇像個逃學的孩子，外面的世界太大，太陌生。要闖需要勇氣，而我已遍體鱗傷，再沒有戰鬥的力氣了，罷了，罷了，也許命運註定要我失敗。」（《約伯的末裔》，頁40）

女兒的眼光及批評，迫使他不得不重新審視自身的能力，承認個人的不足。

同樣地，在蕭颯《皆大歡喜》[8]中，男主角程子健的女兒也以自信口吻，直斥父親。父權受質疑之餘，指控亦直指程子健的為人處事作風：

> 「我（筆者按：指程子健女兒）自己的事，我自己會解決。我不會被你糊塗的，也不會像你一樣把自己的一生弄

　　得亂七八糟」（《皆大歡喜》，頁247）

程子健看來不接納女兒的話，但仍然重新審視了自身的行為。

　　至於蘇偉貞〈回家之後〉[9]的女兒戴敬萱，因政治關係，受
父親牽連，吃盡苦頭。多年苦難經驗令她內心充滿憤怨：

> 「她被囚禁、遊鬥、幹重活，就因為她是戴天的女兒。她
> 曾經跑遍學校、居委會、紅衛兵總部申述，以前她不懂
> 事，現在又太懂了，她為了是他的女兒吃太多苦」（《舊
> 愛》，頁92）

最後父親仍為了「良心」，再一次犧牲女兒。女兒便用以下指
控，總結父親無望的一生：

> 「你贏了，可是整個中國呢？你救得了嗎？」（《舊
> 愛》，頁114）

其實戴天自己，經過多年苦難，早已不再存希望：

> 「面向這片廣大的土地，這輩子，他早就不在乎了。」
> （《舊愛》，頁114）

　　有別於上述，在以下三篇小說中，女兒卻能設身處地，體諒
父親的處境。父母不和睦，並沒影響女兒對父親的支持和同情。
女兒更成為父親心事代言人。蘇偉貞〈背影〉[10]雖主要寫母女關
係，但依然有涉及父女關係。由於母親精神不健全，女兒清楚明
白父親的委屈：

> 「妳（筆者按：指母親）非智障者，也沒有語言、聽覺、
> 視力上的障礙，所以妳的離家是一種有意識的行為。我們
> 以為：要找妳因為妳有心失蹤而絕對無從找起，因此更加
> 罪惡。」（《熱的絕滅》，頁42-43）

女兒為父親血脈，因而同樣成為母親攻擊對象。同被傷害的命
運，令女兒更能瞭解父親承受的壓力。以下一段，清楚反映父親
如何一再受制於感情，而終於自我棄絕：

> 「爸爸其實亦意識到妳離開他後生活會頓成問題，於是他
> 在逐漸的掙扎中徹底死了心。他越退縮，終於妳也就養成
> 傷害自己的習慣。」（《熱的絕滅》，頁42）

　　如出一轍地，平路在〈繭〉[11]中，雖主要表述母親與女兒的
關係，但仍然帶出了女兒對父親的同情。女主角鄭宜寧清楚意識
到，自己與父親無論從外貌到內心，都十分相似。她全然明白父
親委曲求全的痛苦：

> 「父親一向是替別人著想的那種人，替妻子著想，替女兒
> 著想，一生中吃虧的只是太軟弱了」（《玉米田之死》，
> 頁83）

由於父親善良、忍讓，宜寧越加體會到母親對家人造成的精神威
脅。另一方面，宜寧自亦能理解父親對女兒苦痛的感受：

> 「父親的臉是死灰的，但在死灰後面，卻有淡淡哀憐的神

> 色，他幾乎是愛莫能助的看著他的大女兒寧寧，看著她這
> 些年來的風霜摧折，看著她那麼費力的、把許多荒謬的事
> 貫串起來」（《玉米田之死》，頁83）

由於母親，宜寧長期承受折磨。宜寧主觀上認為父親會瞭解，因此，閱讀父親的眼神，帶出的亦為宜寧自身的痛苦感受。男性一向欠缺體諒他人的能力，平路卻由女兒對父親的同情，進一步延伸至女兒明白父親能體恤他人，從而說明男性陽剛背後感性一面。

　　朱天心在〈昨日當我年輕時〉[12]中，也是通過女兒的同情目光，揭露父親承受的精神壓迫：

> 「那就是媽媽了，白天一直躺在床上，晚上整個屋子燈火
> 通明，跟爸爸罵架。她頂可憐爸爸的，爸爸不理媽媽，媽
> 媽卻抓著著梳子跑出來，紗門砰的一聲，她閉著耳朵，爸
> 爸低低急急的傳來：『你到底要做甚麼！你到底要做什麼
> 嘛你說！』」（《昨日當我年輕時》，頁133）

男性一向不善於表達感情，在這篇小說中，則通過女兒的敘述，表現父親的窘迫。父母離異後，女兒對父親越加親近，並能深入瞭解他的內心世界：

> 「爸爸原來也有寂寞、孤單，和一肚子的話，她簡直接受
> 不了，只好蒙著頭避開去、避開去。」（《昨日當我年輕
> 時》，頁142）

一方面女兒意識到父親寂寞孤單，另一方面又似乎無法接受。這

或正可反映女性心理上同為男性陽剛刻板形象困囿，無法適然面對男性也會感情上有所需要。此外，與〈繭〉一樣，在這篇小說中，不但女兒能體會親心，即使一向寡言的父親，同可領會女兒心事。女兒沒開口表示，父親便斷絕與宋小姐交往。他送贈女兒的，也是後者一直隱藏心底，希望擁有的自行車。通過這種父女關係，男性感情無疑得到一定釋放。洛倫‧佩德森（Loren E. Pedersen）即認為，文學應進一步探視男性的內心世界[13]。以上討論的小說，發掘反映的正是男性內心罕見的一面。

在平路〈玉米田之死〉中，陳溪山的女兒小薇，年紀尚小，未能深入剖析父親的感情世界，但卻以純真、童稚直覺，帶出糾纏於父親心底的故土情結：

> 「爸爸還要小薇把泥土握在手裡，好黏好軟又好好玩，爸爸說，那是世界上跟我們最親，最不會丟掉我們的東西！」（《玉米田之死》，頁19）

戴安娜‧德雷爾（Diane Elizabeth Dreher）指出，女兒的年輕、純潔，可為精神指引，令父親人格更趨完整[14]。上述故事中，小薇的純真、對父親的信賴關愛，便完全有別於陳溪山妻子。陳溪山因妻子受到的屈辱挫敗，在女兒赤子之愛撫慰下，得到精神補償，而為現實摧折的原有理想，亦由是得到認同。

在李昂《迷園》[15]中，女兒背負的感情包袱尤其沉重。女主角朱影紅除為父親感情觀察及披露者外，亦為父親傾訴對象。通過朱影紅的回憶，朱祖彥被政治迫害的經歷，得以拼湊起來。同樣地，女兒單純真誠，也讓朱祖彥可放懷述說自身的苦痛與失落：

「我被認為有罪，因為我是個知識分子，我會思考，我不
會輕易的被擺布」（《迷園》，頁63）

透過與女兒對話，父親內心的鬱結得以消解。朱祖彥希望女兒長
伴膝下，正反映對後者感情的依賴。研究指出，父親對兒子與女
兒的要求往往並不相同。他們接受兒子遠離自己，卻總希望女兒
留在身邊。或者正是這種獨有感受，才讓父親可以突破一貫感情
不外露的無形枷鎖，適然表達自身感情需要[16]。此外，在一封未
曾投寄的家書中，朱祖彥清楚表達了如何從女兒身上，看到自身
昔日的美好青春。然而，剎那美麗過後，仍是日後無盡悲涼：

「早年壯志，早在多年前死滅殆盡，留下的只是抑悶與無
意義的時日……綾子還太年輕，不會也不該懂得我這一輩
子作個廢人、一事無成的浪費與絕望。」（《迷園》，
頁224）

青春煥發的女兒，既是父親往昔亮麗生命的映照，卻又是父親受
政治迫害下，身心日漸衰敗的見證。

　　最後討論蘇偉貞〈情份〉[17]。〈情份〉主要寫父女間情感陷
溺而無法解脫的困局。故事開始，即有以下敘述：

「平慧和于伯伯之間父女情摯，不是旁人輕易能了解
的。」（《陪他一段》，頁29）

在《迷園》中，可以見到女兒如何成為父親傾訴對象。這篇小說
的女兒平慧，更完全是父親「于伯伯」感情依賴對象。森米爾‧
奧舍松（Samuel Osherson）及莫林‧默多克（Maureen Murdock）

指出，父親與女兒的親密關係往往使前者把感情全然寄託在後者身上。當女兒成長，必須離開，父親便痛苦異常[18]。沒有了平慧在身邊，「于伯伯」完全無法獨立生存。作者以「于伯伯」一病不起，象徵說明父親過於依賴女兒的心理障礙。

研究曾指出，把心理問題「身體化」（somatization）為國人常見現象[19]。「于伯伯」患病入院，身體一直未能康復，問題即在於未能解開失去女兒的心結。故事敍述者小蘇的父親，即一針見血指出：「老于是想平慧想得厲害！」（《陪他一段》，頁46）此外，人與他人的界限有時會顯得不明顯，為人兒女的，更會犧牲自身，報答父母。平慧在小說中即以犧牲自我克盡孝道。父親的過度依賴，更強化了女兒這一傾向。敍述屢屢強調平慧那種出塵的美，「不諳世俗的氣質」、「表情如同朝聖」、「聖潔動人」（《陪他一段》，頁31、42、46）等形容，無不在指向角色如聖女般的性格特徵。女性主義角度來看，把女性神聖化，強調其犧牲自我的奉獻精神，往往為父權社會鞏固權力的慣用手法。平慧的忘我犧牲，自難免受到非議。然而，再細閱全文，可發現所謂權力代表的父親，並沒有因而強化了自身權力。通篇暴露的，反為父親感情的脆弱退縮。女兒渾然忘我的照顧，反映的只是父親不能獨立的悲哀。戴安娜‧德雷爾（Diane Elizabeth）分析莎士比亞（William Shakespeare）作品時指出，父親對女兒的佔有慾正好反映前者自身缺乏安全感。從心理學角度看，我們愛人的方式，暴露了我們本身的怯懦與需要[20]。從另一角度來看，平慧為照顧父親，表現出那種超越肉體、精神負荷的力量與勇氣，其實亦使人意識到女性頑強的生命意志。兩相對照下，男性的委靡懦弱反而更形突出。

## 三、結論

　　邱貴芬在〈鄉土文學中的去勢男人〉中提及，當代臺灣女性小說的一大特色，為女主角往往自幼失父，傳統父權形象並沒在她們生命裡出現[21]。從以上討論的小說來看，女主角雖沒自幼失父，但傳統父權形象，在這些女兒角色影響下，無疑起了一定變化。

　　一直以來，傳統父權制度賦予男性無上權力。在兩性關係上，男性一直扮演主導角色。女權運動興起，男主女從觀念備受衝擊。女性地位得到肯定之餘，男性權力同樣受到挑戰。心理學家早如西格蒙德・弗羅伊德（Sigmund Freud）、卡爾・榮格（Carl Gustav Jung）等，雖不免「重男輕女」，但仍不得不承認兩性特質並存於男性或女性人格之中。當女性的「男性特質」得到承認而以煥然一新形象出現時，男性從傳統固囿中解放出來的呼聲，自亦不絕於耳。傳統刻板男性形象諸如剛強不屈、冷靜理智、不為感情情羈絆等特點，由是受到質疑。以上討論的作品，即揭示女作家如何透過父女關係，衝擊傳統固有思維，為父親建立另類新形象。

　　瑪麗・盧米斯（Mary E. Loomis）指出，在年幼女兒心目中，父親往往為完美化身[22]。從以上作品卻可發現，在女兒心目中，父親並不完美。他們多為感情退縮、軟弱無能的失敗者。女兒從觀察中明白到，父親無力面對生活挫折，更無法疏導內心感情。約翰・伯傑（John Berger）曾從看人與被看角度，剖視男女關係。男性扮演看者角色，女性則扮演被看角色。看人與被看這種相對關係帶出的，是男主女從的傳統模式[23]。由此推論引申，女兒觀察父親就更別具意義：女性一反被看的立場，成為觀看

者，正是反被動為主動的新演繹。然而，更值得注意，是女兒觀察父親過程中流露的包容和同情。女性這種體諒，解開了男性永不言敗的傳統心理枷鎖。在女兒感性目光下，男性弱點受到包容接納。父親潛藏的感情世界，因而得到關注。

特露德‧克尼伊（Trudie Knijn）認為，表面權威背後，為父親的依賴。由於可以依賴別人，他們便不用周旋於人際關係中[24]。從上述小說來看，女兒經常變成父親的照顧者。表面上，父親仍為權威代表，但在故事布局下，隱藏背後的，實為父親對女兒的恆常倚賴。從感情需要到日常起居，女兒無微不至的照顧，反映了父親弱勢無能一面。父權無敵的假象，由是受到質疑。

巴爾巴拉‧謝爾登（Barbara H. Sheldon）剖析以父女關係為題的小說時提及，傳統父權制度下，女兒往往只能接受父親定下的規矩、安排。父親的地位受到保護，女兒絕不可批評父親[25]。以上討論的《皆大歡喜》、〈紀念碑〉及〈回家之後〉等，卻可見到女兒對父親的批評或指控。這些批評或指控，除揭示女兒與父親相處的新模式外，更帶出了父親自我省視的新意義。女兒的指控，迫使父親反省自身行為，重新面對自我。

女兒「書寫」父親的意義，在吉澤拉‧莫菲特（Gisela Moffit）的專論中，有清楚介紹。吉澤拉‧莫菲特（Gisela Moffit）剖析女兒記載父親軼事的回憶錄，指出女性擺脫沉默傳統，成為發言人，在作品中表達自我。女兒從女性角度重新演繹父親，在文字上顛覆了從來只有男人書寫女人的傳統[26]。本文討論的女作家小說，同樣可見如何以女性敍述身分，描述父女關係。其中從女兒角度觀察及書寫父親的趨向更無二致。這種敍述手法，傳達出一向被壓抑的女性聲音，凸顯女性成為書寫主體的事實。薩拉‧肯特（Sarah Kent）及杰奎琳‧莫雷奧（Jacqueline

Morreau）指出，通過以男性為對象的書寫過程，女性寫作的自主得到確認，從而建立自我身分[27]。值得注意的是，女作家在表達自身聲音及確立自我身分之餘，更顛覆了傳統的父親形象。我們不得不從另一角度，重新走入父親的內心世界，發掘鮮為人知或不敢正視的一面。

## ◆注釋

1
a. Lynda E. Boose, "The Father's House and the Daughter in It: The Structures of Western Culture's Daughter-Father Relationship," *Daughters and Fathers* eds. Lynda E. Boose, and Betty S. Flowers (Baltimore: The Johns Hopkins UP, 1989) 20.

b. Barbara H. Sheldon, *Daughters and Fathers in Feminist Novels* (Frankfurt am Main: Peter Lang,1997) 122.

c. Gisela Moffit, *Bonds and Bondage: Daughter-Father Relationships in the Father Memoirs of German-Speaking Women Writers of the 1970s* (New York: Peter Lang,1993) 33-34.

d. Michael E. Lamb, Margaret Tresch Owen, and Lindsay Chase-Landsdale, "The Father-Daughter Relationship: Past, Present, and Future," *Becoming Female: Perspectives on Development* ed. Claire B. Kopp (New York: Plenum Press,1979) 89-90.

2 廖輝英：〈油蔴菜籽〉，《油蔴菜籽》（臺北：皇冠出版社，1985），頁9-44。

3 袁瓊瓊：〈夕暉〉，《又涼又暖的季節》（臺北：林白出版社，1986），頁195-217。

4 Barbara H. Sheldon, *Daughters and Fathers in Feminist Novels* (Frankfurt am Main: Peter Lang,1997) 30.

5 蕭颯：《單身薏惠》（臺北：九歌出版社，1993），頁3-374。

6 朱天心：〈無事〉，《昨日當我年輕時》（臺北：三三書坊，1989），頁187-200。

7 施叔青：〈紀念碑〉，《約伯的末裔》（臺北：大林書店，1973），頁19-40。

8 蕭颯：《皆大歡喜》（臺北：洪範書店，1995），頁1-251。

9 蘇偉貞：〈回家之後〉，《舊愛》（臺北：洪範書店，1985），頁89-114。

10 蘇偉貞：〈背影〉，《熱的絕滅》（臺北：洪範書店，1992），頁33-66。

11 平路：〈繭〉，《玉米田之死》（臺北：聯合報社，1985），頁79-106。

12 朱天心：〈昨日當我年輕時〉，《昨日當我年輕時》（臺北：三三書坊，1989），頁129-146。

13 Loren E. Pedersen, *Dark Hearts: The Unconscious Forces That Shape Men's Lives* (Boston: Shambhala, 1991) 1-2.

14 Diane Elizabeth Dreher, *Domination and Defiance: Fathers and Daughters in Shakespeare* (Lexington: The UP of Kentucky, 1986) 143.

15 李昂：《迷園》（臺北：貿騰公司，1991），頁1-312。

16 Shmuel Shulman, and Inge Seiffge-krenke, *Fathers and Adolescents: Developmental Developmental and Clinical Perspectives* (London: Routledge, 1997) 79-81.

17 蘇偉貞：〈情份〉，《陪他一段》（臺北：洪範書店，1985），頁29-48。

18
a. Samuel Osherson, *Wrestling with Love: How Men Struggle with Intimacy* (New York: Ballantine Books, 1992) 247-248.

b. Maureen Murdock, *The Hero's Daughter* (New York: Ballantine Books, 1994) 176-177, 178.

19 曾炆煋：〈從人格發展看中國人性格〉，《中國人的性格：科際綜合性的討論》（李亦園、楊國樞編，臺北：中央研究院民族學研究所，1972），頁233。

20 Diane Elizabeth Dreher, *Domination and Defiance: Fathers and Daughters in Shakespeare* (Lexington: The UP of Kentucky, 1986) 165-166.

21 邱貴芬：〈性別／權力／殖民論述：鄉土文學中的去勢男人〉，《當代臺灣女性文學論》（鄭明娳編：臺北：時報文化出版企業公司，1993）頁15。

22 Mary E. Loomis, *Her Father's Daughter: When Women Succeed in a Man's World* (Wilmette: Chiron Publications, 1995) 9-10.

23 John Berger, *Ways of Seeing* (London: British Broadcasting Corporation, 1972) 45-64.

24 Trudie Knijn, "Father, the Dependent Authority," *Unravelling Fatherhood* eds. Trudie Knijn, and Anne-Claire Mulder (Dordrecht: Foris Publications, 1987) 56.

25 Barbara H. Sheldon, *Daughters and Fathers in Feminist Novels* (Frankfurt am Main: Peter

Lang,1997) 14.

[26] Gisela Moffit, *Bonds and Bondage: Daughter-Father Relationships in the Father Memoirs of German-Speaking Women Writers of the 1970s* (New York: Peter Lang,1993) 1-215.

[27] Sarah Kent, "Looking Back," *Women's Images of Men eds. Sarah Kent, and Jacqueline Morreau* (London: Pandora, 1990) 73.

[*] 全文2020年5月完成修訂，原刊於《中國現代文學理論》1999年6月。

# 11　情繫青春歲月

## ——嚴歌苓《芳華》自我療傷之回憶敘述

─────────────┤ 摘要 ├─────────────

　　小説《芳華》取材自作者嚴歌苓現實經歷，敘述者本身便帶有作者身世痕跡。在後設寫作形式下，全書內容的虛構與真實更難以釐分，卻由此提供更大想像空間。這樣的空間正造就其中以個人情感為主導的回憶敘述。通篇除帶出對美好青春的緬懷外，亦反映敘述者以至其他角色對往昔行為的追悔。政治風潮或個人利益下，構陷弱者的人性醜陋，在書中得到表述之餘，受辱者間的相濡以沫，也成為刻意打造的動人情懷。從心理治療角度來看，《芳華》全書敘述，不啻為藉著回望過去，自我療傷的書寫過程。

## 一、紅樓怎能無夢——創作之自覺

　　嚴歌苓多年來專注於小說寫作，作品不時聚焦於時光迢遞下，人事心境的變化。2017年出版的小說《芳華》[1]，敘述時間更橫跨數十年。嚴歌苓曾表示，《芳華》是最貼近她生活經驗的作品[2]。全書內容細節上，不少取材自作者個人經歷。通篇以敘述者回憶帶動情節的手法，也符合現實上作者本人憶述往事的寫作取向。中年回顧昔日種種，難免百般滋味。嚴歌苓對文工團歲月的深刻記憶，同樣成就了《芳華》眾角色的紅樓舊夢：

> 「那是三十多年前了。我們的老紅樓還是有夢的，多數的夢都美，也都大膽。」（頁3）

一座紅色老房子，是《芳華》中文工團成員練功及居住所在。劉峰、何小曼、林丁丁、郝淑雯以及蕭穗子等，在其中過著集體生活。這些少年日日夜夜聚在一起，一方面無比親近、愉快適意，一方面卻又因政治、人際等關係，產生嫌隙。作者以紅色為樓房設定顏色，除襯托角色的年輕朝氣外，亦帶出了火紅年代的氛圍色彩。文本互涉下，紅樓的指稱，或可讓人聯想到《紅樓夢》這一古典巨著[3]。簡陋殘舊的紅樓，雖與精緻富麗的大觀園大相逕庭，但各自的少男少女，懷春心事不無相近。江水東流，紅樓有夢，青春夢的追尋，從來就為人情常態。然而，夢醒有時，《芳華》全書的敘述者蕭穗子，即以多年後的自覺姿態，重新審視往昔種種。早自作品《扶桑》，嚴歌苓對敘述的自覺，已可得見[4]。在《芳華》中，這種後設的寫作策略亦貫徹始終。後設小說最大特色，是敘述者對敘述身分的自覺，而且在文本中不諱言自己在

建構內容[5]。《芳華》的敘述者蕭穗子也在故事中頻頻現身，努力自我解說創作過程：

> 「那時很多人對我解密，或許因為我成了個小說寫手，而小說即便把他們的祕密洩露，也是加了許多虛構編撰洩露的，即便他們偶然在我的小說裡發現他們的祕密，也被編撰得連他們自己都難以辨認了。」（頁107）

至於敘述者如何編撰故事，則落實在不斷強調情節的虛構、想像：

> 「從何小曼後來告訴我的情景，我想像當年他倆的樣子，得出一個這樣的結論：何小曼那晚是放鬆的，自然的。甚至，還自信。對，是自信的。似乎被擱在神龕上的雷又鋒以觸摸女性證明他也是個人，這一點讓小曼自信了。」（頁108）

敘述者擬想之餘，又自說自話般，以肯定語態強調自身的參與。實際上，《芳華》通篇，均見敘述者不斷以臆測方式，參與文本建構。如此強調敘述者的想像，也就帶出後設小說開放、可變的特色[6]。因為既是想像，自可左思右想；情節內容，也可隨時改變。《芳華》中，持續出現的「也許」、「或許」等字眼，正好帶出含義不穩定一面：

> 「有一天突然一悟：她潛意識裡有求死之心。對此她肯定毫無知覺，但從她熱愛生病，熱愛傷痛，熱愛危險來看，我覺得我也許比她自己更懂得她。」（頁81）

弔詭的是，敍述者不時又戮力辯解，要讀者相信她的推斷不無真確：

> 「她後來向我承認，是的，人一輩子總得做一回掌上明珠吧，那感覺真好啊。一九九四年的何小曼對我確認，她到服裝組織補襪子不是為了『進步』和『向組織靠攏』，她是為了躲我們。劉峰離開後，我們，我們全體，是她最不想看見的人。她也承認我猜對了，她就在側幕邊運氣、起範兒的瞬間，又被希望腐蝕了。」（頁121-122）

　　事實上，敍述者蕭穗子本就是文工團成員，她對其他團員的觀察，自亦可信。嚴歌苓自身同一職業界別的經歷，更容易讓人推想小說情節有跡可尋。《芳華》的敍述者，便有作者身世的痕跡，而取名蕭穗子，也多少可見作者延續以往穗子系列作品的寫作傾向[7]。這樣的安排，又似為故事增添歷史連續感，帶出恍如真實的一面。然而，歸根究底，小說既為虛構文體，自可利用想像、推測來創作。《芳華》的敍述者卻此地無銀般，一再提醒讀者這種虛擬性質。「我想」、「我覺得」、「我的分析」等字眼，全書不斷出現，強調的正是敍述者個人的主觀印象。似真還假，似假還真；真真假假，共冶一爐，難以分辨，亦毋須釐分，應更是敍述為讀者構築的小說世界。這種真假界線含混，富有後設特色的世界，也正適合敍述者展開回憶之旅。回憶的理論早已指出，回憶往往帶有當事人主觀感受，是基於當下的建構，並非完全客觀真實[8]。《芳華》的敍述者也順理成章以個人當下意願及設想，回顧與一群文工團成員走過的人生路。

## 二、對青春美麗之禮讚

　　論者早已指出，昔日時光，往往好壞摻雜，人卻總只記取美好一面[9]。嚴歌苓便一向樂於分享她在文工團的光輝往事。《芳華》封面及頁底，有作者昔日舞姿剪影。為了讓舞動的腿看來提得更高，以增加視覺美感，圖像均偏離原來真實狀況，藉電腦技術做了修改[10]。設計者希望存留美好印象的用心，或於此可見。從小說及電影最終同定名為《芳華》來看，這樣的心意亦略見一斑。小說於雜誌初刊，題為〈你觸碰了我〉，而觸碰正是改變眾角色關係的關鍵[11]。至於戲名擬定，身為編劇的嚴歌苓曾向導演馮小剛提出以下建議：《好兒好女》、《青春作伴》、《芳華》[12]。三個名稱，均見對年輕美好的強調。馮小剛最後落實電影取名《芳華》。從字義看，「芳」具美好之意，「華」則指時光。無疑，美好時光正是《芳華》通過回憶敘述，銳意經營的層面。嚴歌苓對文工團盡是「俊男美女」的自覺，通過同為文工團成員的小說敘述者，清楚展露：

> 「我們都是從五湖四海給挑來上舞臺的，真是雷鋒，那是挑不上的，舞蹈隊形不能排到他那兒就斷崖。三十多年前，從我們那座紅樓裡出來的，都是軍版才子佳人，找不出一張面孔一副身材讓你不忍目睹。」（頁2）

電影《芳華》中，與嚴歌苓同為軍人出身的馮小剛，更透過詩意而柔麗流暢的長鏡頭畫面，展示這種青葱茂美。總體而言，無論是小說抑或電影，均演繹了創作者昔日參軍的美好青春記憶[13]。

　　可指出的是，嚴歌苓不少小說均見對青春美麗的重視，且

往往落實在對身體形貌的讚嘆。扶桑、小漁到王葡萄，身體的美好，即一再得到強調[14]。《芳華》中，郝淑雯的豐腴亮麗，同樣成為敘述焦點所在。郝淑雯不時任意妄為，便因倚恃美貌。其實不僅女的，即使男團員如少俊，敘述也一樣仔細交代他的俊秀。俊男美女組合，敘述如此總結：

> 「他們在蚊帳裡相擁而臥，蚊帳裡就是他們的伊甸園，一對最漂亮的雌體和雄體……」（頁185-186）

風華正茂，體貌出眾，固然為這群團員普遍特徵，然而人性陰暗亦由於人際嫌隙糾葛，逐漸顯露。外形相對遜色及出身成分受質疑的何小曼，便經常受到戲弄及排斥。曾被視為標兵，力受追捧的劉峰，也在觸摸事件後，驟然成為群起攻擊對象。

## 三、對弱勢小眾命運之演述

嚴歌苓的小說，從來不乏對弱小關注。對因政局時勢而變成弱勢的一方，她亦每多著墨。〈我不是精靈〉的韓凌、〈老囚〉的姥爺等為明顯例子[15]。《芳華》中，同樣有角色因政治運動受到牽連。何小曼生父便在被打壓下，自行了結生命。有別於書寫死亡、暴力等慣見激烈筆觸，嚴歌苓以往作品，早已發揮過抽離而又抒情的敘述方式[16]。《芳華》中小曼親父仰藥自盡前，敘述者同樣讓角色以不經意的冷靜，審視自身與他人的關係：

> 「他拿起那個藥瓶，整個人豁然大亮。妻子造成了他徹底的赤貧，肉體的，精神的，尊嚴的，他貧窮到在一個油條鋪掌櫃面前都抬不起頭來。這證明妻子捨得他了。最終他

> 要的就是妻子能捨得他，捨得了，她心裡最後的苦也就淡
> 了。」（頁64）

敘述者在這裡成為全知者，深入角色內心世界，以悠悠筆調，帶
出角色被至親背棄的感受。政策時局對人心造成的傷害，由是凸
顯。當心靈絕望時，肉體生命已再不重要。換句話說，小說內容
表述的是，在乖常政治運動下，人求生的自然本能，如何給徹底
摧毀。

何小曼在父親死後，隨著親母的改嫁，成了別人眼中的「拖
油瓶」，過著仰人鼻息、寄人籬下的生活。她備受欺凌、扭曲的
人生，從此展開。家庭陰影下的畸形成長故事，文壇上張愛玲
早已有所發揮。嚴歌苓在《芳華》中，也同樣以女作家的敏感細
膩，刻劃小曼在後父家庭長大，性格如何漸漸變得乖異不討喜。
無論是她偷食物、偷窺別人等，敘述均繪影繪聲交代。以下一
段，便透過小曼弟弟的童言無忌，說明小曼那讓人鄙視的「賊眉
鼠眼」（頁73）：

> 「弟弟四歲大聽見弄堂裡對他這個姐姐的稱呼『拖油
> 瓶』。五歲的一天，弟弟宣布，拖油瓶姐姐是天底下最討
> 厭的人。隨即又宣布，從頭到腳拖油瓶沒有一個不討厭的
> 地方。小曼對弟弟的宣布不驚訝，某種程度上她是同意弟
> 弟的，也覺得自己討厭。她深知自己有許多討厭的習慣，
> 比如只要廚房沒人就拿吃的，動作比賊還快，沒吃的挖一
> 勺白糖或一勺豬油塞進嘴裡也好。」（頁72）

兒童的直言或行為固是童真的表現，但也可以是陰暗人性的見
證。舊作〈老人魚〉中，嚴歌苓便曾就小孩對長輩的背棄有所發

揮[17]。在《芳華》裡，小曼的所謂惹人嫌，更不時透過弟弟或妹妹的指罵表現出來。連小曼本身，也往往如心理學的格蘭效應（Golem effect）般，不知不覺間，認同、內化了他人的看法[18]。人性自我尊嚴如何一步步被蠶食，由是輾轉帶出。通過不同細節，敘述者不斷鋪演小曼各種惹人討厭的行為。即使她長大後進了文工團，敘述仍不忘透過其他成員不懷好意的窺伺，帶出角色可笑一面。可注意的是，敘述並非只著意鋪陳所謂的乖異，而更是仔細交代小曼受辱的情緒表現。年幼小曼初到新家，窺探繼父與母親房事被發現，敘述焦點便刻意放在小曼受驚過度的反應，以及隨而引發的一場疾病。其後，敘述卻具體交代她逆來順受多年後，如何為自己爭取母親的紅絨線衫，一改受擺布的命運。紅衣原為小曼親父為妻子購置的新裝。這本代表新婚喜悅的鮮麗衣裳，經過多年，已被蟲蛀滿洞眼。衣物如人，人如衣物，韶光流轉下，難免衰腐。隱約之間，彷彿一再演繹張愛玲對人生那早有體驗：「生命是一襲華美的袍，爬滿了蚤子」[19]。這一帶有歲月痕跡的衣服，卻成為小曼及妹妹爭奪目標。小曼最後瞞天過海，成功據為己有。她把衣衫拆成絨線，改染上黑色，再織造新裝：

> 「她梳洗之後，換上了新毛衣，它黑得可真透，宇宙黑洞不過如此。她的親父親，母親，和她小曼，他們共有而不再的曾經，全被埋進黑色。黑色，最豐富，最複雜，最寬容的顏色，它容納了最冷和最暖色譜，由此把一切色彩推向極致。」（頁78）

以一種與紅色亮度、彩度截然不同的顏色作為替代、轉型，小曼走出了對以往人生的虛妄寄盼。在黑衣服形塑下，她一下子出落成「美人」（頁78），煥然一新，走出了自己的人生路。黑色在

這裡非如慣常看法般，代表空無沉默，而是勇氣、希望與新生的展示[20]。其實早自〈倒淌河〉這篇小說，已可見嚴歌苓對黑色的個人解讀。「神祕」而又「華麗」的黑色，是作為「弱勢」女主角阿於的象徵顏色[21]。在《芳華》中，作者同樣為小曼受難的人生添加這一色光。這樣把主流的紅轉化為黑，進而發掘背後那豐富而包容的象徵意義，目的就是為處於邊緣弱勢一方開創希望與生機。如此一來，無論是對其他角色以至小說讀者本身，也開啟了更多思考、詮釋角度。

　　小曼走出家庭，進入文工團後，卻依然成為眾人開玩笑及歧視對象。小說裡，描述最深入的自是胸罩事件。眾團員對小曼的欺凌逼供，更是其中重要情節。小曼對別人的嘲弄，本來只會啞忍或佯作不知，息事寧人；到了胸罩事件，卻因別人心存惡意，步步進迫，結果引發小曼如獸般咆哮的本能反應：

> 「『我沒撒謊！……』何小曼突然咆哮起來。涼颼颼的秋夜出現了亂氣流。郝淑雯被這一聲吶喊暫時鎮住。大家都從這句咆哮裡聽出『策那娘！』聽出比這更髒的弄堂下流話，聽出她用這句話罵山門罵大街。這隻小老鼠一向躲躲閃閃，靜靜悄悄，從來不知道她還會叫！從來不知道她身體某處藏著這樣一聲叫！」（頁98）

敘述聚焦的是，人被迫至無路可逃時，異常情緒如何通過無言咆哮表現出來。無言背後卻蓄積著生命備受欺壓後的反撲力量，讓受眾足以從中解讀出回彈的信息。換句話說，就是聽者能從中自行推敲出「策那娘」等髒話，並從中構築小曼的憤怒與抗爭。如此一來，敘述者扮演的角色頓顯得攸關重要。她對小曼的瞭解、同理心等，正是她能細察、洞悉事情本質的關鍵。

　　小曼後來雖然一雪前恥，在偶然下得到「戰地天使」美譽，卻因而引發精神分裂。敘述內容如此鋪陳設計，恰恰表達了角色難以接受驟變的心理障礙。政治的無常偶然，人情的冷漠叛離，對人心造成的傷害尤為肯綮所在。現實實存的〈再見吧媽媽〉歌詞，一再給挪用到小說裡，絮絮不休地對比昭示的，正是小曼長久欠缺慈親關愛的可悲故事。

　　《芳華》中，除小曼備受欺負外，本給視為勞動榜樣的劉峰，也因觸碰事件受到無情攻擊。上級對劉峰審問過程的敘述交代，對答之間，彰顯的更是逼供者的咄咄逼人，藉詞構陷。眾團員落井下石，齊起批鬥劉峰，小說也不忘鋪敘。相對於嚴歌苓以往作品如《人寰》、《陸犯焉識》、〈我不是精靈〉、〈角兒朱依錦〉等，《芳華》敘及政治運動對個人造成的傷害時，可說是輕描淡寫，筆觸節制[22]。少男少女的耀眼青春，也往往緩和、淡化了生活可有的慘烈嚴峻。劉峰在一場戰役中的浴血苦鬥，小說便不同於電影般刻意演述戰場的緊張激烈，或男性的孔武勇悍，而是以女作家的感性細膩，構築劉峰因情傷、眾人背引致的內心交戰。在敘述者筆下，他刻意放棄自己，不理會自身傷勢，延誤救援：

> 「你們翻臉翻得真快呀，昨天還那麼擁戴我，在選舉雷鋒標兵的會上，只見一片齊刷刷的手臂豎起的青紗帳，眨眼間就是一片齊刷刷的拳頭：『劉峰，表面上雷鋒，思想是個垃圾堆！』我用死來讓你們虧欠，讓你們負罪。讓你們跟林丁丁一樣，心底最深處明白，這一筆命債是怎麼欠下的。劉峰想到這裡，看著被泥漿徹底弄渾的玻璃窗，心滿意足地閉上眼睛。」（頁127-128）

以上構想，看來不太符合劉峰的硬漢性格。他一貫表現的氣度，不像會有如此小兒女的情緒心事。敘述者對角色的主觀解讀，似更是其中的敘述設計。換言之，從後現代的書寫策略來說，這更是身為女性的嚴歌苓，以及相同性別敘述者的共有想像及建構。如此充滿陰性敘事風格的背後，凸顯的或更是作者以及敘述者自身的文工團經驗。兩人同曾因情傷，受到排擠及責罰，也看盡政治勢頭下種種叛逆出賣。劉峰的遭遇，成為她們互為作用下的結果。

劉峰在戰役中最後被救回，卻失去右手，改寫了餘生命運。他本來勤奮務實，做活俐落，成為傷殘，從實際或象徵上，也就意味生命受到難以彌補的重創。小說在描述他的義肢時，無論是凸顯上面的燒洞痕或被甩掉地上的「落寞」，均是指向角色人生的殘缺失落。最後，小說更為他安排癌患死亡的結局。劉峰一生努力助人，全書便羅列不少他幫助別人的細節。這種好人好事的刻意陳述，除間接顯示觸碰等事值得質疑外，也帶出了劉峰與小曼或小惠之間相濡以沫的情懷。

## 四、人與人之相知與相惜

劉峰處處為人設想，眾人有事要幫忙，也總是找他。故事開始不久，便可見他身體力行，幫助雙腿殘疾的孤兒「括弧」。對因情書事件受批判的敘述者蕭穗子，他也不忘安慰與鼓勵。對受到眾團員排斥的小曼，他則義正詞嚴地教訓欺侮者。最後，他更在別人因小曼汗臭，而拒為小曼舞伴時，請纓作為替代。這種因互為舞伴而有的身體接觸，讓小曼內心感到無盡暖意。肌膚接觸，可說是人與人親密行為的表現。對從小缺乏家庭溫暖、長期受排擠的小曼來說，身體接觸無疑更別具意義。敘述者如此為兩

人合舞作記：

> 「他把她放肩上，她從鏡子裡看到他們的和諧，那樣的和
> 諧就是信賴，就是親暱。她把腿抬得那麼高，那麼漂亮，
> 就像他扛的不是個女孩兒，是隻燕子，一隻展翅的鶴。她
> 還看到什麼？她自己深色的皮膚和他淺色的皮膚，他由於
> 認真而微微走形的臉，他肩上全是汗，她腿上也全是汗，
> 但他一點也不讓她擔心自己會滑下來。跟鏡子的距離大
> 了，他倆都被歪曲得厲害，都那麼醜，醜得誰也不要。」
> （頁206-207）

薩比娜・梅爾基奧爾・博內（Sabine Melchior-Bonnet）早已昭
示，鏡子可讓人認識自己，有時更是反思工具[23]。《芳華》以上
敍述便是通過鏡中反射，讓小曼自身見證與劉峰一起排舞的喜悅
滿足。這種肢體接觸反映的，是他人的接受與肯定。最後，則藉
著變形鏡像，帶出兩人的「醜陋」形象。其實，所謂醜陋，只是
鏡本身及距離造成的假象。象徵角度來看，就是外在勢力對個人
的欺壓、扭曲。然而，正因同置身於如此不堪環境中，互相扶持
的關係反更得以彰顯。對於這種溫熱人心的身體接觸，小曼終生
不忘：

> 「劉峰從她又黑又深的眼睛裡看到了依戀，從排練廳他
> 抱起她那一刻，不，從他的兩隻手掌合攏在她腰上的一
> 刻，不不，更早，從他走出人群，來到小曼跟前，對楊老
> 師說，我跟朱克換位置。對，就那一刻，她開始依戀。」
> （頁207）

在敘述者心目中，一向不出眾的小曼，眼睛看來卻別具吸引力。小曼當初與丈夫結緣，便與此不無關係。這樣黑亮深邃的眼瞳，神祕耐看之餘，卻也折射出角色孤獨無助的一面。劉峰便是從小曼目光中感受到她的依戀。敘述者開初不斷以「不」、「不不」等來否定前論，最後則落實在一聲「對」中。如此反覆地延展敘述，在文意上正是不斷加強小曼對劉峰的眷戀，反映的亦是兩人互為舞伴的情感意義。

世事無常，多年過去，劉峰與小曼重遇，也讓敘述者得以為兩人的情感再作鋪展。劉峰退役後，生活並不如意，最後更患上惡疾。小曼於是扮演照顧者角色。敘述者雖曾承認劉峰與小曼相處種種，多為敘述者自身的想像推敲，但仍無礙細節的一一建構：

> 「她把劉峰從醫院接到兩居室，照顧他，在他被化療敗盡胃口時為他做點湯羹，在他連翻身都翻不動的時候，架著他，用一把骨頭的肩膀扛著他，在六十平方米上遛彎。」
> （頁209）

在敘述者心目中，劉峰助人無數，人生最後日子則由小曼代眾人一起償還。人與人的相濡以沫，由是得到動人演繹。上引兩段文字的敘述語調，無論是語詞選擇或類似排句等鋪排，均可說為情境締造了抒情氛圍，同時凸顯的亦是由情感蓄積起的無形力量[24]。

除以抒情筆調書寫小曼與劉峰的共處外，敘述者對小惠與劉峰的情誼也運用了相類鋪陳手法。劉峰退役後，在海口賣書賺食，遇上同往該地謀生的妓女小惠。同是天涯淪落人，兩人的相處成為敘述著力所在。與小惠的事，劉峰沒有多說，旁人也只見

交代表面一二。然而，這樣的限制同樣無礙敍述者馳騁想像，走進角色內心世界，向讀者形構具體枝節內容：

> 「劉峰偶然在三流賓館門口的路燈下看見她。他從小卡車裡對她說，要下雨了，下班吧。小惠迎上來，笑笑說一個生意還沒做呢。劉峰看著她，還做生意呢？雨要來了。……劉峰可憐小惠『問路』差點挨了煙頭，女孩家一點面子都沒了，還要跟劉大哥裝不在乎，突兀地就說起雜誌來。」（頁167）

毋庸解說，小惠的心事，劉峰早已清楚。兩人同樣受盡磨難，最後也越走越近，一起過活。敍述者在小說裡雖有交代兩人打打罵罵，但更不忘帶出身體相惜和合：

> 「劉峰跟小惠確實有過好時光，最好在夜裡，在床上，他的心雖不愛小惠，身體卻熱愛小惠的身體，身體活它自己的，找它自己的伴兒，對此他沒有辦法。身體愛身體，不加歧視，一視同仁」（頁173）

在敍述者心目中，劉峰對林丁丁的愛終身不渝，可說更屬於精神層次，然而身體自身卻有實質慾望需要。對林丁丁一記觸摸引來連串災難後，劉峰在小惠同樣「墮落」的身體裡，終於找到與一己相契的歸屬。正如小曼在劉峰人生最後日子扶持相伴，小惠同樣慰藉過劉峰。如此在人與人關係上對劉峰「補償」，反映的未嘗不是敍述者或其他角色的心底愧疚。藉著這種對角色「償還」的敍述，作者也恍如為敍述者甚至自己，完成心靈上的救贖或治療。事實上，早已有研究指出故事敍述的療癒力量[25]。邁克爾·

懷特（Michael White）及戴維・埃普斯頓（David Epston）等更強調，通過重述自己的故事，會發掘出更多生命意義[26]。《芳華》的故事敘述，也可說是這種回望過去，自我審視生命的過程。

## 五、結語——自我反思之意義

　　政治風雲從來變幻莫測，在《草鞋權貴》、《人寰》等較早期作品，已見嚴歌苓對政治英雄形象的質疑或解構。較後期出版的《床畔》，對這樣的人物同樣有詳盡發揮[27]。《芳華》中的劉峰，則一度以標兵英雄身分出現，後才因觸碰事件，陡然為眾人唾棄。然而，經過敘述者日後反思，劉峰的好人形象並未就此消解。只是這樣的好人形象，並非再以政治為前提，而是反映在人性善良上。劉峰對弱者關顧，惡劣環境下仍堅守立場，誓不背叛他人，因而備受推崇。推崇背後，一再反映的更是敘述者以及其他角色的反思與悔疚。

　　人往往需要經過歲月洗禮，累積人生經驗，才更瞭解自己。戴維・格羅斯（David Gross）即以歷史為證，說明記憶在人生扮演的重要角色[28]。事過境遷，多年後，蕭穗子及郝淑雯終看清過往對劉峰及小曼的傷害。這樣的戕害，更體現在心靈層面上。藉著酒意，郝淑雯對蕭穗子「我」，有以下剖白：

> 「我們當時怎麼那麼愛背叛別人？怎麼不覺得背叛無恥，反而覺得正義？我問她又想起什麼來了。她說我們每個人都背叛了劉峰，不是嗎？……那時候做王八蛋，覺得比正經人還正經。」（頁183-186）

正是這樣的愧疚，讓郝淑雯重遇劉峰時，內心觸動，看到盡是劉

峰的落魄。這種落魄，在她的視角及敘述者筆觸相互作用下，更具體地通過劉峰殘舊的假肢表現出來：

> 「等郝淑雯過了馬路，看到那假臂的塑膠質地已老化，一個小洞眼就在肘部，像是香煙頭燙的。」（頁155）

其實作為敘述者，蕭穗子對自身以及眾團友的反省，更反映在對小曼態度的細緻交代。一般而言，小曼總以故作漠然來面對他人的侮辱：

> 「整個這段時間，何小曼就那樣看著正前方的牆壁，比任何人都局外。意思似乎是，你們好好商量吧，總會商量出結果的，什麼結果我都無所謂。」（頁103）

到了小曼離開文工團後，敘述更直接以歧視、迫害等字眼來總結團員對她的惡意及傷害：

> 「小曼走了一年了，我們對她的歧視、迫害還在缺席進行，直到中越前線爆發戰事，有關她的壞話才歸於沉寂。」（頁122）

通過揭示眾人的歧視與迫害，敘述者對小曼的同情亦可見一斑。當敘述焦點轉回當下，敘述者則不時提及已屆中年的小曼生活安定，樣貌不顯老，好看。時移世易，小曼以往被嫌棄的一頭紗髮也因潮流，頓變時尚。年輕時，小曼一向不突出，相較於郝淑雯及林丁丁等的美貌，更是遜色。然而，到了中年，眾人情況均有所改變。昔日豔麗的郝淑雯，已是一身肥胖，神采不再；一向嬌

柔的林丁丁，也變得聲門粗大，頭髮稀疏。此外，兩人加上敘述
者自身均離婚收場，生活並不如意。林丁丁被丈夫家人嫌棄及揶
揄的枝節，在敘述中更有清晰交代。這樣的內容或構思方向，不
無反映敘述者刻意通過對比，為中年小曼發聲，作出補償的心
意。《芳華》結尾時，更透過冬青與紅樓等意象，銘刻及總結小
曼與劉峰深摯真純的感情關係：

> 「四十年前，我們的紅樓四周，栽種的就是冬青，不知是
> 什麼品種的冬青，無論冬夏，無論旱澇，綠葉子永遠肥
> 綠，像一層不掉的綠膘。小曼第一次見到劉峰，他騎著自
> 行車從冬青甬道那頭過來，一直騎到紅樓下面。那是一九
> 七三年的四月七號，成都有霧——她記得。」（頁215）

敘述者目睹小曼為劉峰靈堂擺放冬青樹枝，憶及昔日紅樓四周種
滿常綠冬青。這果實紅色的樹種，生命力頑強，無論乾溼，枝
葉青綠，寒天也不凋落。冬青在全書開始已出現，結尾進一步受
到鋪陳，除在結構上首尾呼應外，帶出的亦恰是映襯角色生命的
意義。其實，單是青綠葉色，襯托紅色建築，視覺效果已明亮突
出。這樣的鋪排設計，凸顯青少年鮮活生命力之餘，也映現兩人
深刻的感情關係。全書最後以小曼記憶中的霧裡成都收結。霧中
看物，似隔一層，卻無減劉峰在小曼心中長留的美好印象。從藝
術角度來看，角色關係更多了矇矓美感。茫茫之中，冬青加上紅
樓，重現了似隱還現的美好青蔥年華。劉峰在冬青樹間，走近紅
樓，最後也恆久走進小曼記憶深處。

　　心理治療相關研究早已指出，藝術能撫慰人心，創作可以
療傷。故事的敘述過程，往往是自我心靈的叩問，個人歷史的體
認[29]。更有論者認為，回憶是身分的認證、靈魂的自我拯救以及

個體生命的現實展現[30]。《芳華》中，絢爛昂揚的青春，固是作者在其中折射自身經歷的結果，而饒富意味的，更是角色對往昔行為的不斷反思。無論政治形勢下出賣別人或生活上欺侮弱者，小說在內容上均有所交代。實際上，敘述者積極參與文本建構，不時為弱勢者間的相處打造柔情氛圍，對敘述者自身，亦不妨視為悔過及自我救贖的表現。總體來看，無論就作者或角色而言，《芳華》的敘述安排，反映的不啻為歲月沉澱過後，個人對自我的深切反思。

## ◆注釋

1　嚴歌苓：《芳華》（北京：人民文學出版社，2017），頁1-215。

2　a.〈上海書展最吸粉的竟然是她！嚴歌苓新作《芳華》親訴最苦澀的初戀！〉，
　　https://kknews.cc/zh-hk/culture/npjr9n8.html，2017年9月27日。

　　b.〈嚴歌苓：15歲嘗到背叛的滋味，《芳華》非常接近我的人生〉，http://news.163.
　　com/17/0813/11/CRND9IUG000187VE.html，2019年6月13日。

3　曹雪芹著，俞平伯、王惜時校訂：《紅樓夢》（全三冊）（香港：中華書局，
　　1996），頁1-1311。

4　a. 嚴歌苓：《扶桑》（臺北：聯經出版事業公司，1996），頁1-278。

　　b. 李仕芬：〈敘述者的心事──抒情敘述下的《扶桑》故事〉，《論衡》第5卷第1期
　　（2003年），頁62-72。

5　Patricia Waugh, *Metafiction: The Theory and Practice of Self-Conscious Fiction* (London and New York : Methuen, 1984) 2, 6.

6　Patricia Waugh, Metafiction: *The Theory and Practice of Self-Conscious Fiction* (London and New York : Methuen, 1984) 9.

7　《有個女孩叫穗子》結集，共收入嚴歌苓十二篇不同時期短篇小說。各篇女主角均名
　　為穗子。
　　嚴歌苓：《有個女孩叫穗子》（北京：新星出版社，2009），頁1-355。

8　a. Patricia Waugh, *Metafiction: The Theory and Practice of Self-Conscious Fiction* (London and New York: Methuen, 1984) 18-19, 48-61.

　　b. David Gross, *Lost time: On Remembering and Forgetting in Late Modern Culture* (Amherst : University of Massachusetts Press, 2000) 4.

9　David Lowenthal, *The Past is a Foreign Country-Revisited* (Cambridge: Cambridge UP, 2015) 40.

10　〈你所不知道的《芳華》，作者嚴歌苓答記者問〉，https://weiwenku.net/d/102037647，
　　2019年6月13日。

11　嚴歌苓：〈你觸碰了我〉，《十月》2017年第3期（2017年5月），頁4-66。
　　另外，《芳華》單行本出版，附有英文名稱："You Touched Me"，也是中文「你觸碰
　　了我」的語義直譯。

12　〈嚴歌苓新書《芳華》出版‧重現文工團青春歲月〉，http://www.wenming.cn/book/
　　pdjj/201704/t20170426_4207612.shtml，2018年6月3日。

13　〈《芳華》看哭老爺們兒‧馮小剛嚴歌苓回望青春〉，https://wxn.qq.com/cmsid/
　　2017092303015800，2019年6月13日。

14　扶桑、小漁及王葡萄等角色分別見於嚴歌苓以下小說。
　　a. 嚴歌苓：《扶桑》（臺北：聯經出版事業公司，1996），頁1-278。
　　b. 嚴歌苓：〈少女小漁〉，《少女小漁》（臺北：爾雅出版社，1993），頁25-53。
　　c. 嚴歌苓：《第九個寡婦》（臺北：九歌出版社，2006），頁5-362。

15　a. 嚴歌苓：〈我不是精靈〉，《少女小漁》（臺北：爾雅出版社，1993），頁153-193。

　　b. 嚴歌苓：〈老囚〉，《風箏歌》（臺北：時報文化出版公司，1999），頁30-52。

16　《一個女子的史詩》中小三子的死亡，《扶桑》裡中國苦力被白人打死，均採用這種
　　抒情敘述方式。
　　a. 嚴歌苓：《扶桑》（臺北：聯經出版事業公司，1996），頁69-70。
　　b. 嚴歌苓：《一個女人的史詩》（長沙：湖南文藝出版社，2006），頁71-72。

17　a. 嚴歌苓：〈老人魚〉，《穗子物語》（臺北：三民書局，2005），頁1-34。

　　b. 李仕芬：〈親密與疏離──嚴歌苓《老人魚》解讀〉，《世界華文文學論壇》第67
　　期（2009年6月），頁52-56。

18　Elisha Y. Babad, Jacinto Inbar, and Robert Rosenthal, "Pygmalion, Galatea, and the Golem: Investigations of Biased and Unbiased Teachers," *Journal of Educational Psychology* Vol. 74, No. 4,

(1982) : 459-460.

19 張愛玲：〈天才夢〉，《張愛玲典藏全集：散文卷二：1939-1947年作品》（哈爾濱：哈爾濱出版社，2003），頁64。

20 〈色彩的基礎〉，http://163.32.177.1/chen5767/f/html/12.html，2019年8月18日。

21 a. 嚴歌苓：〈倒淌河〉，《倒淌河》（臺北：三民書局，1996），頁201-292。
   b. 李仕芬：〈男性敘述下的女性傳奇——讀嚴歌苓《倒淌河》〉，《世界華文文學論壇》第45期（2003年12月），頁21-25。

22 a. 嚴歌苓：《人寰》（臺北：時報文化出版公司，1998），頁1-266。
   b. 嚴歌苓：《陸犯焉識》（北京：作家出版社，2011），頁1-415。
   c. 嚴歌苓：〈我不是精靈〉，《少女小漁》（臺北：爾雅出版社，1993），頁153-193。
   d. 嚴歌苓：〈角兒朱依錦〉，《有個女孩叫穗子》（北京：新星出版社，2009），頁44-57。

23 薩比娜‧梅爾基奧爾‧博內著，余淑娟譯：《鏡子》（臺北：藍鯨出版社，2002），頁137-143。

24 嚴歌苓作品的抒情特質，可參拙文對《扶桑》的分析。
   李仕芬：〈敘述者的心事——抒情敘述下的《扶桑》故事〉，《論衡》第5卷第1期（2003年），頁62-72。

25 周志建：《故事的療癒力量：敘事、隱喻、自由書寫》（臺北：心靈工坊文化公司，2012），頁75-81。

26 Michael White, and David Epston, *Narrative Means to Therapeutic Ends* (New York: W. W. Norton, 1990) 1-37.

27 a. 嚴歌苓：《草鞋權貴》（臺北：三民書局，1995），頁1-241。
   b. 嚴歌苓：《人寰》（臺北：時報文化出版公司，1998），頁1-266。
   c. 嚴歌苓：《床畔》（武漢：長江文藝出版社，2015），頁1-259。

28 David Gross, *Lost time: On Remembering and Forgetting in Late Modern Culture* (Amherst: University of Massachusetts Press, 2000) 87-115.

29 a. David Edwards, and Paul Wilkins, *Art Therapy* (London: Sage, 2014) 1-15.
   b. Shaun McNiff, *Art as Medicine: Creating a Therapy of the Imagination* (Boston: Shambhala, 1992) 1-15.
   c. 周志建：《故事的療癒力量：敘事、隱喻、自由書寫》（臺北：心靈工坊文化公司，2012），頁29-35。
   d. 列小慧：《敘事從家庭開始：敘事治療的實踐歷程》（香港：突破出版社，2009），頁191-193。

30 a. David Gross, *Lost time: On Remembering and Forgetting in Late Modern Culture* (Amherst: University of Massachusetts Press, 2000) 2.
   b. 王小平、嚴濤：〈回憶之思：時間與敘事的審美之維——回憶理論研究的檢討與進路〉，《宜賓學院學報》2009年第4期（2009年4月），頁28。

* 全文2020年5月完成修訂，原刊於《世界華文文學論壇》2020年第2期。

華文文學研究　PG2584　文學視界131

# 道是無情卻有情
## ——當代文學作品論評

作　　　者／李仕芬
編　　　者／林光泰、黃毓棟
責任編輯／孟人玉
圖文排版／蔡忠翰
封面設計／蔡瑋筠

發 行 人／宋政坤
法律顧問／毛國樑　律師
出版發行／秀威資訊科技股份有限公司
　　　　　114台北市內湖區瑞光路76巷65號1樓
　　　　　電話：+886-2-2796-3638　傳真：+886-2-2796-1377
　　　　　http://www.showwe.com.tw
劃撥帳號／19563868　戶名：秀威資訊科技股份有限公司
　　　　　讀者服務信箱：service@showwe.com.tw
展售門市／國家書店（松江門市）
　　　　　104台北市中山區松江路209號1樓
　　　　　電話：+886-2-2518-0207　傳真：+886-2-2518-0778
網路訂購／秀威網路書店：https://store.showwe.tw
　　　　　國家網路書店：https://www.govbooks.com.tw

2021年8月　BOD一版
定價：250元
版權所有　翻印必究
本書如有缺頁、破損或裝訂錯誤，請寄回更換

讀者回函卡

國家圖書館出版品預行編目

道是無情卻有情：當代文學作品論評/李仕芬作.
-- 一版. -- 臺北市：秀威資訊科技股份有限公司, 2021.08
面； 公分. -- (文學小說類；PG2584)(文學視界；131)
BOD版
ISBN 978-986-326-952-6(平裝)

1.當代文學 2.文學評論 3.文集

810.7                           110011421